刘恋 / 著

我的昨夜是一只小鹿在山间饮水

天津出版传媒集团

百花文艺出版社

图书在版编目（CIP）数据

我的昨夜是一只小鹿在山间饮水 / 刘恋著. -- 天津：百花文艺出版社，2024. 10. -- ISBN 978-7-5306-8918-9

Ⅰ. I267

中国国家版本馆 CIP 数据核字第 2024R7G816 号

我的昨夜是一只小鹿在山间饮水

WO DE ZUOYE SHI YIZHI XIAOLU
ZAI SHANJIAN YINSHUI

刘恋 著

出 版 人：薛印胜
责任编辑：张 雪 装帧设计：任 彦
出版发行：百花文艺出版社
地址：天津市和平区西康路 35 号 邮编：300051
电话传真：+86-22-23332651（发行部）
　　　　　+86-22-23332656（总编室）
　　　　　+86-22-23332478（邮购部）
网址：http://www.baihuawenyi.com
印刷：天津联城印刷有限公司
开本：787 毫米×1092 毫米 1/32
字数：150 千字
印张：10.25
版次：2024 年 10 月第 1 版
印次：2024 年 10 月第 1 次印刷
定价：88.00元

如有印装质量问题，请与天津联城印刷有限公司联系调换
地址：天津市宝坻区新安镇工业园区 3 号路 2 号
电话：(022)29937958
邮编：301800

目 录

临水照花人 / 001

凤兮凤兮 / 011

芭蕉不语 / 016

出门俱是看花人 / 021

秋云无觅处 / 024

苒苒物华休 / 027

人间自是有情痴 / 030

递天梯的人 / 039

明灭 / 044

因空见色 / 047

出其东门 / 051

武陵春色 / 055

江月年年初照 / 059

藕花深处 / 062

红笺无色 / 065

联结 / 067

古今一瞬 / 070

灯 / 072

晚归 / 074

看见 / 076

喜相逢 / 078

无事此静坐 / 082

山中无事 / 085

她 / 088

向晚晴 / 091

繁华梦 / 093

蜻蜓飞上玉搔头 / 097

看海去 / 101

游戏 / 103

玉人儿 / 108

一日似两日 / 112

当时明月 / 115

一花亦真 / 119

仲夏之梦 / 122

叶里闻声 / 124

花自无言 / 127

你在船头捞月亮 / 101

争渡争渡 / 129

风之语 / 133

桥边红药生 / 137

陌生人 / 141

香香 / 144

心本自足 / 150

众生 / 153

船 / 156

回去,再回去 / 159

有时我们听到有时我们看见 / 162

风吹一个小月亮 / 165

且共从容 / 167

愿有清凉眼 / 169

旧句子 / 171

潘帕斯之鹰 / 176

水上看山色 / 181

满庭蝴蝶儿 / 185

夏日看展 / 188

枯叶蝶 / 190

试遣愚衷 / 192

闲情,偶记 / 195

橘颂 / 197

得闲饮茶 / 200

小儿无赖 / 203

小满 / 207

当时年少青衫薄 / 211

念慈 / 213

惊蛰 / 219

一花一世界 / 222

金刚怒目 / 227

江山有思 / 230

尼泊尔行记 / 234

至情无情 / 269

枫叶荻花 / 272

小白梦惊魂 / 275

随缘好去 / 280

此花开尽 / 284

S 城的人间烟火 / 287

飞燕倚新妆 / 293

夜 / 298

道伴有狸奴 / 301

醉花阴 / 305

袅晴丝 / 310

欲语迟 / 315

人约黄昏 / 319

临水照花人

奶奶生于民国二十一年（1932 年）。这是她自己告诉我的。因了她这一句，很小的时候，我便对"民国"时代有了些遐思。奶奶生得好看，像枝头上浅浅开着的一朵桃花。不管时光如何流转，她始终这样风雨不动的静美。

关于奶奶的记忆，大多与我的堂兄堂姐联系在一起。夏天里，孩子们都去奶奶家度暑假。她门前有一条铁路，火车遥遥地从隧道一端呼啸前来，又缓缓远去了。像我当时和她一起度过的一个又一个长长的夏天。铁路旁杂草丛生，不知名的小飞虫嗡嗡嗡地飞过眼前，有时在手臂上叮一个鼓鼓的小包包，奇痒无比。奶奶说，搽点口水就不痒了，说着便用指尖蘸点口水抹在我的小包包上。啊，果真不痒了。

她带我们去看火车。我没有坐过火车，觉得这个庞然大物真是好新奇，总要蹲在路旁看着它远去才肯回家。奶奶在一旁说："哦哦哦，火车开走啰，开到北京啰。"我也跟着她说："哦哦哦，火车开走啰，开到北京啰。"

堂哥是顶顽皮的男孩。民间有俗语说"七八九，嫌死狗"，他当时就是这样淘气。堂哥总是一个人跑在我们前面，时不时捡起脚边的小石头去砸路上的母鸡。有时奶奶见前面有摩托车开过来，便叫他当心些，走到路边让一让。堂哥充耳不闻，还笑我奶奶胆小。我心里讨厌他这样的轻薄没教养，却不明就里地哭了出来。我的哭，竟是对谁也说不出的一种委屈。我只怪他轻侮了奶奶。

我对人的一些很深重又无法言明的感情皆是天生的。与其说物与我相亲，莫不如说是我主动向物的贴近。庄子说"不知吾所以然而然，命也。"这些物我之间永难解开的缠缚，即我的"命"。

后来奶奶因需要人照顾，便住在姑姑家里。我也上小学了。暑假去看奶奶，姑姑留我住几晚。白天只有我与奶奶两个人在家，我坐到堂哥的书桌前在田字簿上写字。奶奶走来递给我一个苹果，说这是观音大士面前供过的，观音大士会保佑我的。

奶奶生得白净，我最初对美人的印象都是从她身上来的。齐耳的一头白发，脸盘小，高耸的鼻梁像她的人一样挺立，却丝毫没有拒人千里的刻薄。眼睛最是好看的，我当时看她的眼睛就仿佛懂得什么叫慈悲。奶奶在一旁看我写字，说："不要去动他的东西。"她的声音细，像小溪悄无声息地淌过去了。她一生都是星宿映照下的李白，不敢高声语，恐惊天上人。

奶奶此番说的是我堂哥摆在书桌上的各色人偶，我虽从没有要把玩它们的意思，但我听奶奶这样的教导，便觉得她对我是更亲的。她是要我也如她一样，在人家做客时时处处也要得体与板正。

奶奶留给我的记忆就是她的整个人，清浅寂静仿佛星月有光。我从未想过她会变得更老，月亮如何会有衰老呢？待我意识到她确乎是更老了，并可能行将远去，是要到我上大学之后。

上大学后我很少见她，一年里唯有过年时才能去看望她。当时姑姑已搬了新家。门前人来人去，奶奶每日坐在窗前。每次去姑姑家，开门迎接我的是我颤颤巍巍的奶奶。她叫我恋宝。玄关处的神龛上供着一尊观音,红烛映着那观音的脸,一双细长清凉的眼睛在烛光里明灭。说不尽的一种慈悲。

那天我留宿姑姑家,晚上和奶奶睡。关灯后我们躺在床上说话,她听我说大学的事情,又突然想起什么似的问我冷不冷。我们一人盖一床被子,卷成筒,像如今的睡袋。她把暖水袋从被子里递过来要我抱着。天亮了,奶奶把手从被子里伸进我的被子来,摸摸我的手说:"恋宝,不冷吧?"我便侧过身子,把手托在她的脸上笑嘻嘻地说:"瞧,热乎乎的呢。"她又说:"天还早,再睡会儿。"自己先便起来了。她坐在幽暗的客厅里听经。我感到心里满满的,她坐在那里就是一个圆圆满满的人。那经里隐约听到一句"心是莲花开",我觉得这句话说的就是奶奶,她就是那一朵圣洁的莲花。

小时候,奶奶教我诵过一段"出门经",千叮万嘱要我出门就在心里默念,说可以逢凶化吉。我像做着一件很正经的大事,跟着她一字一句念着,这些文字,至今仍能记起几句来。每逢想起,耳边都是她清凉的声音,道是:出门经,出门经,出门不忘观世音。弟子刘恋如有难,救苦救难观世音。

奶奶去世那一年，我正在一所高中参加大四的实习。那是在国庆长假前最后一个晚自习上，我坐在教室里，手机留在宿舍充电。我不知道就在那个夜里，有一个世界已经完成了一次劫毁。回到宿舍，手机里收到堂哥发来的短信：过几天我们要把奶奶送到乡下去了。我竟迟钝到不明所以，反问堂哥："送到乡下去干什么？"我当时从没想过奶奶是要走到自己的大去之日了。

待堂哥说明了，我当下却意外得没有一丝一毫的悲恸，因为知道自己要即刻做很多事情。第二天乘早班车回到姑姑家，其他亲戚已满满地在客厅里。这是奶奶最亲的人都回来了，我才生起了悲哀。因为知道大家都来了，这一切当是真的了。

奶奶躺在里间的床上，这间小小的房子听过我们在夜里的多少小秘密啊。床头摆放着纸巾，呼吸机的软管插在她的鼻孔里。泉涸，鱼相与处于陆。奶奶这一尾孤零零的鱼，一个大浪将她拍打于岸边，我则仍留在这一世的风波里。

姑姑说，奶奶早已没了意识。可我知道我与她仍然是、永远是性命相连的。我握住她的手时,正如无数次她握住我的手。我对她说:"我回来了。"唯此一句,其余再多言语都是枉然的了。她气息尚存,胸口微微起伏。我迷迷糊糊在床边睡着了。忽闻一阵脚步,窸窸窣窣地在屋里屋外忙碌起来,接着是姑姑的声音:"去了,去了。"

那是凌晨三点零五分。奶奶去了。

大伯用身子把寿衣焐热再给奶奶换上。我们作为孙儿辈的则要将玄白两股棉线拧成一股,缠在奶奶腰间。堂哥在屋外点燃了火堆,我和堂姐便在一旁将线团解开,梳理后揉搓成一股。十月的夜里寒意泠然,西风吹得紧,四下漆黑的,唯有这盆灼灼的烈火把堂哥堂姐的脸庞映得那么红。我边擦眼泪边催堂姐快一点啊,快一点。她睁着大眼睛看我,我说是烟熏得我眼睛太痛了。

回乡下的大车停在路边,我远远地看着大伯他们把奶奶的遗体送进车里。这就是离别吧,要在这样黑的夜里,这样冷的夜里,这样朦胧而真切的痛与泪里。心里的某个部分,随着大车的远去永远空了。那辆远去的车,消失在桥洞的另一端。过了这座桥,便是另一个世界了吧。相顾无言,唯有泪千行。

我们也乘小车赶往乡下。姑姑说，这是奶奶的娘家。这个叫作云湖桥的小村庄，有一个曾经生于斯长于斯的小姑娘，她今夜回家了。

奶奶有个姐姐尚在人世，守着云湖桥的那座老宅子。一路上，我看着前面引路大车的车尾灯，夜幕里隐隐约约，一时离得我很远，一时离得我很近。我在送奶奶回去了，这时眼泪才簌簌地流下来。身旁的堂姐已睡去，没有人看见我这样流过泪。

回乡下的半路上下起了冷雨。奶奶去了的那一天，便多了一份凄楚。兜兜转转就到了她的老家，四周一片漆黑，远处有户人家隐隐亮着灯盏。我猜想，就是那里了。奶奶到哪里都有人在这样等着她，心里便多了几分慨然，却说不清悲欢。

我们一行人下了车，奶奶的姐姐——我的姨婆早等在门口。先下车的是姑姑，人还没落车姨婆的一双大手便紧紧抱住姑姑。想那执手相看泪眼竟是这样一番深重的苦痛。奶奶去世时是七十八岁，我想姨婆当时大约也该是耄耋年纪了。她和奶奶长得很像，可能是终生务农的缘故，身子比我奶奶硬朗且高大，眉目却是一样的清悠婉润。

姨婆说,凌晨牛圈旁杂物间里的灯突然亮了,她就知是我奶奶自己早回来过了。杂物间里是奶奶生前为自己准备好的棺椁,一直停放在这里。奶奶是对自己的事情都做好了打算。我至今不知为自己准备棺材是一份怎样的心情。当时在一旁听姨婆说着,心里翻腾,不得安宁。

乡里的邻舍都闻讯赶来,忙忙碌碌搭起了长篷,雨这时却停了。奶奶生前对我说,当时毛主席的铜像回韶山的时候,是寒冬节令啊,漫山遍野的映山红却都开了。奶奶一生就活在这样的虔诚里,对万事万物都有切切真情。现如今奶奶的离世,同样的寒风冷雨都消释开了。我想,奶奶终于到天堂了。

按老家习俗,村民们请了司公子来为奶奶诵平安经。当地小朋友叫他阴司爷爷。他穿着道袍,在这些不明所以却有如神圣的大事面前,我深深感到现世人生的渺小。阴司爷爷拿着桃木剑,围着奶奶的棺椁念念有词。他从布包里拿出一根穿着铜钱的线,线的一端固定在棺椁的这一头,直直地把线拉到另一端,他说要确保铜钱的中线正对着奶奶整个人的中线处。一连几番,却总是对不准。我跑过去拨动那枚铜钱,见奶奶安安稳稳地睡着。身上盖着三层被,最上面的那一层被子上绣着花鸟和祥云。她始终端端正正,清清净净,像雨滴落在湖畔的草尖上。

阴司爷爷说,行了,对准了。同行的人便把棺椁盖上,小木槌咚咚咚把榫头紧紧钉住了。自此我知道自己和奶奶今生不能再见。当时唯有挂念她回去路上会不会冷清。夜里是要守灵的,阴司爷爷走的时候说,你奶奶前面的这盏长明灯千万不要让它灭了,不然她回去看不见路的。

因了这番话,我想奶奶现在是已走到另一个世界了。曾在书上读到过人死后去地府的情景,一想到奶奶如今是孤单单的一个人,我便要心痛到流泪。整夜我守着那盏长明灯,风一来便赶紧起身用身子挡着。我知道这是我此生为奶奶做的最后的事了。

第二天,我们送奶奶入土。她就埋在姨婆屋后的山脚下。新筑的石碑上有鲜亮的红字,我从中找到自己的名字。我们是永永远远这样性命相连的。姑姑说,奶奶的墓旁便是爷爷的墓。我从没见过爷爷,我尚未出生他便离世了。只听说爷爷生前爱喝酒,喝醉后便打奶奶。有一次我去楼下米粉店吃早餐,老板是个四十多岁的秃发男人,一只眼睛失明,人们都叫他"瞎子"。瞎子对旁人说起我奶奶,他说,当时总听到我爷爷在楼上把老婆子打得"作鬼哭声"。说到这里,瞎子吸上一口烟,和邻座的人一起漠然大笑起来。我起身把钱压在碗底,对他说了一句"怪不得你一辈子是个瞎子",便头也不回地走了,从此再不踏入他家半步。当时我上小学二年级,却早早懂得了人世的冷暖和善恶。

我每番想起奶奶,便是永远无邪端庄的那个人。一如她的一生,只穿着纯素洁净的衣裳。唯有一年除夕,奶奶穿了一件大红色的棉衣,衣襟上绣了一朵牡丹。那时候的她是画里的人面桃花相映红。

有人说,张爱玲是民国世界的临水照花人。我奶奶也是那岁月里的人。她是自在琉璃月,飞在青云端。

凤兮凤兮

　　耳机里播放着电视剧《新白娘子传奇》的插曲，让我想起小时候放暑假，守着电视机看白娘子的时光。那时的广播电视报上分出小格子，各个电视台节目播出时间密密麻麻罗列其间。

　　我们那一代多独生子女，通常一放暑假，孩子们都集中在一家养。表姐来我家里度暑假，我们找到报纸上《新白娘子传奇》播出时间，晚上九点钟，于是要妈妈一定叫醒我们。

　　妈妈很是守信用，我们却往往睡得昏天黑地。她想出办法来了，调高音量，在《千年等一回》的旋律中我们睡眼蒙眬，挣扎着爬起来。白蛇在云雾缭绕中一转身，一拂袖，便幻成一个清爽完整的女子。我们跟着旋律，不好意思唱出来，只好在心里哼着："是谁在耳边说爱我永不变，只为这一句啊，断肠也无怨。"

也不知何故，每逢暑假电视台必播放《新白娘子传奇》。孩子们总看不够似的，一遍遍看，熟悉到台词倒背如流，还是喜欢看。剧情更是不消说，熟络得很。虽然剧中有玄幻法术，上天遁地，却总朦胧知道那里面说的还是人间的事。

孩子们看剧往往物我两忘，因为全然无心机。明明知道法海不久便将收服白蛇，可还是在法海尚未出现前，提着一口气，紧张得不行。那时觉得法海实在算是这世上最坏的人了，不会有比他更可恶的。于是便也学着剧中的李捕头叫他一声"老秃驴"，可仍不解气。但看到他在烈日炎炎中走了很长的路，树荫底下口干舌燥，问店家讨一碗水喝，白胡子低垂到腮边，又觉得他是个顶可怜的邻家老爷爷。

白娘子终于还是被法海收走了。与一轮金光一道，统统收束在法海的紫金钵里。许仙万念俱灰，一步一步踏上金山寺禅房的台阶，走得那般沉重。接着他唱起来："只影呀单飞无人顾呀，步步它都是坎坷路。情也空空，爱也空空，仇也空空，恨也空空。"

这以后，关于白娘子和许仙的故事便翻过去了。新的主角成了许仕林与隔壁绣庄的胡媚娘。饰演许仕林与胡媚娘的，还是此前演许仙、白素贞的叶童与赵雅芝。只是媚娘的妆发从此有了颜色，不似白娘子永远一身纯素。发辫也多变化，从两颊长长地垂下来，烟波桥上微风吹开她额前弯弯的刘海。

当时年纪小小，却也从这种戏剧性的手法中，觉察到生活里的确有些事总觉得似曾相识，在哪里见过。这个人多么像从前见过的一个人，只是叫不出他的名字，更不知在何处见过。只是朦朦胧胧的，觉得他站在面前便只是相近相亲。

虽然是同样的演员，也隐约知道担了许仕林和媚娘的名，他们便重新有了身份。所以每当媚娘与金轮法王斗法我便非常担心，因为知道这个人不再是白娘子，白娘子是总能逢凶化吉的。

《新白娘子传奇》剧中插曲，长大后听也仍然是动听的。不过是仅有的几段旋律重复着，变换着歌词，却丝毫不觉得厌烦。

原来那旋律本身朴素之美倒是其次，最可贵的，在于每一段唱词都为剧中人的语言,在旋律中摇曳生姿,开出花来,并非只为奏乐。

我那么小的年纪,就能把剧中唱词记得熟稔。"烟花二月去踏青,风光无限少年心。似水流年等闲过,如花美眷何处寻。"虽然不很懂得其中情味,仍觉得这语言本身就是很美的了。

"西湖雨又风,心事一重重。日日盼呀伴浮萍,朝朝望呀愁容添。"那旋律何其凄婉,八九岁的孩子也知道这世上多的是不可圆满的事。跟着剧中人反反复复哼唱,像一颗玻璃珠在心口揉搓着,越来越亮了。

再稚嫩的心,在这些唱曲中浸泡着,都能感到一种触动,朦朦胧胧觉得时光珍贵,不可虚度。当时的流行歌简直朴素到历历分明的,一首歌是一首歌,绝无雷同。如今的歌唱到半道儿,多半会突然唱不下去,因为一不小心即唱到了别的歌。

剧中有一首《前世牧童》。小青先唱道:"许仙虽然情意真,究竟是个平凡人"。这就是她的心里还有个天道与人道之分,她一心想修炼成仙,跳脱凡尘去享福。她的格局如此,但也是因为她对人间无留恋。

白娘子则直言不讳，要逍遥在人间。她忘不了杭州西湖边那个拾得她金簪的人。这时的白娘子，已全然不是上天盗仙草的白蛇娘娘了，而是市井人家中的新妇。鬓边簪着花，她的美已是有了人间烟火气。

白蛇传的故事发生在杭州西湖，也只能发生在杭州西湖。在洞庭湖，在天山外，在任何别的一处都觉得不对。似乎唯有杭州西湖这一处的江山风月，方可孕育出这样如水如梦的情思。江南各地到底还是不同的，即便是演绎过大观园故事的金陵城，也多了王气与兵气。西湖终归是柔性的。

曾经读到书中写楚汉文化。说楚文化里只能走出来项羽，大风起兮云飞扬是无论如何不可从项羽口中说出。也是上面说的这个意思，每一个个人，都是具体化了的文化符号。

楚文化像月亮，阴阴柔柔的，汉文化则必不如此，它是那样明晃晃，像太阳。所以，刘邦斩白蛇的故事是这般惨烈，而项羽到最后只有他心爱的马驹和虞姬。

白蛇娘娘呢，也只能在杭州西湖的垂柳下遇到许仙。

芭蕉不语

度过了一个快乐的午后。

和小鱼一起徒步上山，穿过喧闹的城市，一路沿着幽静山道回来。加之中午行人与车辆都少，整个世界安静得仿佛只有我们两个人。回南天湿热难耐，我们都身着薄长衫，在树荫底下走走停停，像小时候的夏日午后。我们说话很少，时间多用于辨认路旁的各色树木。这才发现深圳的绿植是如此丰富而美。

有一段路旁，种了许多人面子。

这种树是我曾有次路过此处时记下的。据说因它们的种子像人的面庞，故有此名。我因好奇而终不得一见，唯记住了人面子这个名字。小鱼说，她老家屋前便种了许多人面子。她尝过此树的果子，苦而艰涩。她妈妈不喜欢，便砍掉改种了龙眼。

每当龙眼成熟，妈妈便带着她们姊妹几人去摘果子吃。此外他们还种有杧果树、枇杷树、荔枝树。如今小鱼能准确辨认出路边的果树，都源自小时候那些甜蜜的记忆。我想，小鱼的童年是充满果香的。

路过木棉的时候，我们站在树下看了很久。

木棉实在生得高大挺拔，在一众绿叶飘扬中，它们美得独立。木棉花开始凋落了，地上随处可见它们硕大的花朵。深红色的花瓣中央，花蕊已全然枯萎，呈暗红色，有的甚至是墨色的。那份深重，是如此充满力量。

有的木棉花是橙色的，远远望去像一个个小南瓜。小鱼说，或许是品种不一样的缘故。我拾起花朵闻一闻，无色无味，一如禅的空寂。木棉花瓣无论何种颜色，皆是洁亮光滑，用手指轻抚，恰似娃娃的脸蛋。

我问，木棉树为什么没有树叶子？小鱼说，木棉是要等叶子掉了，才会开花的，等花落了，果子才会结出来。我默默惊异于它的绝对（这种绝对的感觉，早在我第一次写木棉时已有体会）。

我顺着小鱼手指的方向，果然看到了，在那高高的枝头上，满是尚不起眼暗棕色的圆形小果子。小鱼说，等到这些小家伙足够大，它们会"啵"的一声爆开，然后呀，漫天便飘浮着白茫茫的棉絮了。

因了小鱼此言，我眼前仿佛果真见到了那样的场景。难怪诗人要说，三月尽是头白日，与春老别更依依。木棉竟也有如此的柔情。

往前走便可看到一些树开着黄花。绿油油的长条形叶子间，簇簇小黄花像花店里常见的满天星。小鱼说，这是杧果树了。树底下正在锁车的大娘，听见我们正谈论着树，忙指着另一棵更高大些的说，哇，今年的杧果一定结得比去年更多。

我至今不知她是如何判断出的，但一个人对一棵树如此熟络，与人谈及时，像是提到自己一个要好的朋友，这种人与树的相亲让我感动。总有一天，我也会像她们一样，拥有如此多的植物朋友。我在心里默默说。

半山腰处，路过人家院子。小鱼说，那一棵就是龙眼树了。近前的这一棵则是枇杷。在一众绿树中，我难以分辨出龙眼树与其他树有何相异处，倒是记住了眼前这棵枇杷。

因为在那些椭圆的叶片间，早已结出了圆溜溜的小枇杷。虽然它们如今还是青色的，有的甚至如槟榔般，只是小小的一颗，但我毫不怀疑不久后，那将是一个金灿灿的世界。

那正是夏天的好颜色呀。

一路走着，偶尔经过的车辆与行人仿佛与我们并不在同一个天地里。我们的步伐是散漫的。快一点，慢一点都没有关系。更没有一些非做不可的事情。人生简单到可以如此无言。果真人间至味是清欢。

有时我们不说什么话，只是站在树下仰着头，观察这一棵树的叶子与那一棵有何不同。有时，我们又分享着小时候的趣事。人如果永远不长大，该多好啊。

还遇到一种树，我以为是椰树，它们的叶子硕大，椰树叶正是这般条条缕缕的。小鱼说，那不是椰树，是蒲葵。她便说起小时候外婆的院子里，栽种了许多棵蒲葵。蒲葵叶子用处很多，只需将它们的叶子沿边剪掉细软部分，再用线绳锁边，一把蒲扇便做成了。我想起小时候奶奶手中的那把蒲扇，夏天的风，热热地扑面而来。

有某个刹那，我真羡慕小鱼有如此的童年，她像童话故事里,那个在山野追着风奔跑的小女孩。她还说,蒲葵的叶子能编织成各种各样的小玩意儿,螳螂啦,蚂蚱啦,青蛙啦……都可以编。这些我倒是曾在路边见人编来卖点小钱,不过,那是很久之前的事了。

《红楼梦》里,莺儿见柳叶儿在风中飘荡,便编个花篮送给林黛玉。不知如今生于石头森林里的现代人,可也懂得这份情意。

出门俱是看花人

下午出门看花。

植物对季节的更迭感知敏锐，不少树已重新发芽，冬日光秃的枝丫上，如今已抽出点点鹅黄新叶。有的枝头花朵盛放，斑斓炽烈，仿佛一整个春天。

路旁常见的是一种开花的树，其花有粉、白、黄色之分。然而无论颜色如何相异，花叶总都是薄薄的。每有风过，仿佛千千万万只蝴蝶儿扇动翅膀。这种树有着与其姿态极为相宜的名字，叫风铃木。这树与其名字一样，都具一种别样的轻盈。

我想，它们之所以叫风铃木，大概是因为风铃木开的花，彼此之间并非簇拥在一处，而是在疏朗的枝丫上零星开着，一如人家屋檐下那一串风铃，微风徐来，琳琅有声的缘故。

还有一种紫花风铃木,其花朵则更厚重饱满些,像绣球花一般呈团状,但又比绣球更绵密。

羊蹄甲,是大自然这位调色师的又一杰作。同一棵羊蹄甲树,叶子却有不同的绿色。深深浅浅地错落着。有的叶子绿得发亮,几近透明,让人以为那叶片上正悬着无数剔透晶莹的露珠,太阳的金线穿透其间,穿成一串水晶项链。在这些绿叶间,一些玫红色的花盛放着。

木棉也开花了。红红火火的花朵高挂枝头,让木棉原本粗壮坚硬的枝干,多了一丝柔情。与其他花树的热闹不同,木棉的美是静而绝对的。除了深灰色的枝干,它唯有花朵这一种深红色。那是一种浓郁的红,沉甸甸的,密不透光,有种沉实稳重的感觉。

而我最喜欢的是小叶榄仁。

我工作地点的山下,有一条路旁栽种了几株这种树。前几日饭后散步去看它们,它们还没有来得及长出新叶,树枝仍旧是去年冬天时光秃秃的模样,平缓地撑开着,像敞开胸怀等待着些什么。

今天在路边又遇见了几棵小叶榄仁,不知是否树木之间也有时差，这几棵竟开始长出新叶了。虽然只有一些半寸长的嫩芽儿，但仍让人感动。

若待上林花似锦，出门俱是看花人。

是春天了。

秋云无觅处

近日读到康熙皇帝在康熙三十六年（1697年）春写给总管太监顾问行的信函，颇觉可爱。这些信，原是密藏于清宫懋勤殿里的一个匣子中，辛亥革命后被学者发现，随后抄录出来，出版面世。

算是这位高高在上的君主，在现代读者群中偶尔为之一次"接地气"吧。这类带着强烈私人性质的信件，到底还是展现了康熙"家长里短"的一面。一切都是活泼泼的。

当年，康熙已是四十多岁的中年男性了，笔端流露出的却是犹如少年郎般的清爽。对足下的每一寸土地，每一方水与山川，他都充满了热情与好奇。就算是骆驼、马匹、兔、鸡、鱼这一些平平无奇的动物，他也历历在目。

三月二十三日那一天，他在信中如是告诉顾问行：

"黄河中鱼少，两岸柽柳、席芨草、芦苇中，有野猪、马、鹿等物。"

我不禁相信那是一个风和日丽的春日午后，一颗轻盈的心，正与各色动物一同徜徉于日影深林中。就是这样的想象，令我不可思议地闯入历史上那微不足道的一天。

他还因动物的健硕心生爱怜。在信中康熙提及自己的骆驼与马匹："这一次的驼马甚肥可爱，走路亦好。"好一个"可爱"！那是这个不老少年无意间袒露的心事，这些动物们，不只是行走的工具，更似他的伙伴。

在信中，康熙与顾问行分享着日常琐事，他的心朴素得如一个普通百姓。陶渊明诗云："闻多素心人，乐与数晨夕。"彼时的康熙，正以这样一颗素洁的心体察万物。

二月二十八日，他快乐得如一个孩童。

"朕乘小船打鱼，河内全是石花鱼，其味鲜美，书不能尽。"

三月他还品尝到晒干甜瓜，其味甘美，遂派人传回宫中与众人享用。他体贴到唯恐宫中人不知如何吃这新鲜物，在信中详细写明了食用之法："先用凉水或用热水洗净，后用热水泡片时，不拘冷热，皆可食得。"

比起一切宏大，这些微乎其微更让我感动。在战争、政治、权力面前，我一颗平凡的心，只能千万次地与这些细碎之物共振。哪怕是很久以后，只消忆起曾读到过这样的康熙，他便永远是一个在我心中生动真实的人。

开车回家途中，一直在觉知这些信件掀起的心之涟漪。在这涟漪深处，是荡漾于现实与远方的我。有时，我觉得离远方很近，有时又觉得，那是一个我永远无法参与的、遥不可及的世界。

联结起两颗心的，究竟是什么呢？

苒苒物华休

去南山博物馆看展，陈列之物多出自定陵。对大明一朝充满不可名状的感情，其中有巨大悲悯。

游览的人很多，各个展台前水泄不通。站在外围几乎看不见实物，人影层层叠叠，看不清具体的脸，存在变得抽象。孩子也多，奔跑，嬉笑，在珠宝、黄金、玉器前流连，脸贴紧玻璃，发出惊叹："好有钱啊！"

人会经历一个逐渐沉潜的过程。最初我们都在浅滩，往后各自走各自的道，有的人会迈入深水区。

人多的缘故，真正看清楚之物很少。与各色鎏金嵌宝、明朗亮丽的器物相比，我却花了相对多的时间在小物件上。这多源自人的心境。更年轻时追求色彩、变化、生动。如今却爱体味朴素的真妙。

一个不起眼的缠枝花纹青花碗，白底、青花，寻常到像小时候日常家用。碗口边缘有使用过的痕迹，那该是万历生前的食具。人会赋予器皿一些气息，让其有了呼吸。人去，物还在呼吸，它们代替人活。想起小鱼手腕上的银圈。她说，这是祖母生前佩戴的，像她还在身边。

一件黄缂丝十二章衮服，是富贵已极的象征。海水、江崖、蛟龙盘踞。近前细看还有仙鹤驮着卍字，呈飞动之势。暗自惊叹，古人对吉祥的想象，已是吉祥本身。有时他们又几乎不动用象征，在钱币上刻印消灾延寿，吉祥如意字样。生动，直接，原始的真实。

一根金钗，制成梅花造型，中心镶一颗珍珠。这是定陵出土诸多饰物中，极为雅致的一根素簪。它曾插于一个生动活泼人物的鬓边。行到中庭数花朵，蜻蜓飞上玉搔头。我想起这句诗。

回到家，躺着睡一会儿。猫蹲坐在枕边，用近透明的蓝眼睛盯着我。万历的头饰中，有一种即是以猫眼石镶于金簪的先端，没有紫色、蓝色宝石的闪耀，猫眼石沉沉地亮着。我喜欢这个名字。

这次没能拍到照片，日后回忆，只能靠心中的印象。但我仍将看得真切。我没有你的任何一张照片，但我记得那双眼、耳、鼻。记得那活泼泼的一切。

人间自是有情痴

6月30日傍晚，抵达北京。等网约车的空当，首都机场天空湛蓝，无数蜻蜓盘桓其中，似是欢迎我来。我心中喜悦，以至于看到一切景象，皆视为祥瑞。

此行为曹雪芹而来。在红楼一梦中沉醉多年，从未到过一次大观园。今年六月，完结了《红楼梦启蒙课》的出版，其中有很深累世因缘。我想，无论如何是时候了，去一次大观园，去一次曹雪芹故居，给自己一个交代。

30日夜里，阴差阳错打车去西单吃晚餐。结束的时候，已近深夜。路上行人仍有一些，三三两两站在路边等车。有的靠在广告牌上，有的在路边石墩上坐着。北京的夏夜与深圳不同，聒噪、闲适、慵懒。打不到网约车，路上出租车更是少见。我有些无措。约四十分钟才等到网约车。

司机说，因为天热，很多专车司机不愿出来跑单了，都在家里休息。这是在深圳工作与生活的人不可想象的。在深圳，有二十四小时跑腿外卖服务，出租车随处可见，不少商店通宵达旦，生活中诸事便捷。流落北京街头的我，第一次对深圳人勤劳与卖力地生活，有了极为生动的感受。

第一夜睡得不错，应是白天奔波所致。第二日早晨，吃过早餐便乘车前往大观园。

西城南菜园街 16 号。

比起天安门、故宫这类热门景点，大观园算得上是难得的清静处。从南门入。陆续入园的多是持年卡的爷爷奶奶。有的拖着音响，准备找一处阴凉地高歌一曲；有的干脆把收音机别在腰间，边走边跟着咿咿呀呀的胡琴哼小调；有的带着健身球，坐于石阶上在朋友面前露俩手。

从南门进来，正是"大观园试才题对额"时，贾政、宝玉与一众清客相公们最先所到之处。往东边去可至秋爽斋，西边则可至怡红院。先到了怡红院。不想却首先为沁芳亭与那一池荷花吸引住了。荷花开得艳，荷叶挨挨挤挤地相连。接天莲叶无穷碧。

这是我第一次如此近距离观赏荷叶、荷花。又或者曾经是到过荷塘的，却在这一刻，此前所见一时间皆黯然失色。看着这满目的绿，几乎要兴奋得欢悦起来。仔细观之，才发现荷叶有碧绿与嫩绿之别。

嫩一点的荷叶上，筋脉清晰可辨，仿佛白皙的女孩子臂膀上那纤细的筋络，绿莹莹淌着血的。又像是巧手的画工，用笔轻轻描摹上这些线条。以手轻抚叶面，才知有种生命力是这般娇嫩与倔强。

俯下身子，用手掬起一捧清凉的池水洒在荷叶上，晶莹剔透的水珠四散成无数颗小珠，复又归拢为一颗圆滚滚的大珠。活泼，奔放，孩子般天真的，在圆圆的荷叶上彼此追逐。

沁芳亭里很热闹。近前一看，是一群中老年男女，正伴着旋律起舞。这是一群脸上写着沧桑与倦意，却奋力投入当下生活的人。这种努力，令观赏的人心里有说不出的感动。

一个红色短发的妇女教她的舞伴们动作。她轻轻把大叔的手别在腰后，大叔表示有些吃力。妇人说，那你就稍微往前放一点，也行。生活的规则，皆是这般有商有量的。

途经蜂腰桥。那是小红遗帕惹相思的小桥。满目的荷叶，就是一整个夏天。炽热似火的，整个灵魂都在快乐地燃烧着，跳跃着。

过了蜂腰桥，不多远便到怡红院。"怡红快绿"的匾额映入眼帘，心里被什么重重敲击了一下。有一只无形的手，捕捉了那份心间悸动。这就是我日思夜盼，无数次在梦中到过的所在吗？我在心底暗暗问自己。那扇绿门如今早已斑驳。蛛丝儿结满雕梁，绿纱今又糊在蓬窗上。时光是禁不起推敲的。

好在门上贴着的两个崭新的福字，仿佛又可刹那间，将人带入寿怡红群芳开夜宴的那个辉煌的夜里。推杯换盏，纸醉金迷。各人忙着从花签里获得一份关于未来人生的好运气。纵是开到荼蘼花事了，千里东风一梦遥，这样的句子，也觉得可以是一种微妙的好意。

抬头可见怡红院绚烂的屋梁。各颜色与图案交错着，是一种安于秩序中，却又彼此飞动的美。一只喜鹊，站在树枝尖端，仿佛听到吉祥的清悦之声。

进入屋内，迎面便是那面西洋镜。刘姥姥第一次进来怡红院，就是从这镜中看见了花簪满头的自己。那是她一生中最绚烂的一刻,这镜子见证了那一刻。

宝玉卧室的装潢,颜色是极为强烈冲撞的。他是怡红公子,也是富贵闲人。红与绿,无一不是那样的饱满与刺激。几乎要从中满溢出来。红色的锦缎被,玫瑰色的垂花帘子。怪不得刘姥姥初来此处,误以为这是某位小姐的绣房。

女儿是水做的骨肉,观之清爽,见之忘俗。宝玉所说的这女儿,也包括他自己。

他正是这样一个洁净的人。

书桌上,井然摆放着文房四宝。仍有各色精致小锦瓶,端端正正陈列在架子上。晴雯曾经拿过一个玛瑙果碟子,盛放着荔枝送给探春,想必也如眼前这陈列之物一样精巧别致。

怡红院门前的敞坪上,那西府海棠与芭蕉仍在。芭蕉叶子落了好些,尚存的几片极力舒展着。仿佛飞鸟有力的双翅,又似一个日夜看护怡红院的故人,敞开怀抱等待前来造访者。

出了怡红院往东去,穿过沁芳亭,便可到潇湘馆。

从踏上去往潇湘馆的第一步起,我的心中便有无数情绪翻腾涌动。几乎如溺水者般,历经着不可言说的窒息。说不清道不明的一种情愫。我知道，这或许是此生离林黛玉最近的一次。近乡情更怯原来竟是这样的不安。

潇湘馆门口已迎来不少人。一位男子说，潇湘馆是谁的住所？与其同行者无有应答。

一向寡言的我竟脱口而出，是林黛玉的。他于是哦了一声，连声叹道可惜，可惜。

我不知他此所谓"可惜"者竟是为何。林黛玉实在无需这种叹惋。在我心里，她是《红楼梦》中最完整饱满的人。

她从始至终守卫着自己一颗玲珑的心。质本洁来还洁去，通透而自洽。林黛玉是这世间最完满剔透的灵魂。

潇湘馆里的竹子长势蓬勃。翡翠色的竹叶密密层层的。微风吹来，窸窣作响。那是清凉之声，又似远方的海浪。我想，这正是两百多年前林妹妹听到的声音。

有清洁工人在打扫潇湘馆小径上飘落的竹叶，那是一位朴实的妇人。她拿着笤帚与簸箕，认真清扫着，时不时用水管冲洗石子路上的泥沙。这路是要清扫的，刘姥姥还为此脚滑，咕咚一声摔倒在青苔路上呢。

潇湘馆里的长廊上，悬挂着各色小灯笼。应该是新挂上去的，颜色还很新。近前一瞧，上有不同的诗句。皆为黛玉所作。"秋花惨淡秋草黄,耿耿秋灯秋叶黄",这是黛玉在秋雨萧瑟之夜写下的;"半卷湘帘半掩门,碾冰为土玉为盆",这是海棠诗社起社时,黛玉所咏的白海棠;"满纸自怜题素怨,片言谁解诉秋心"这是黛玉的咏菊诗……

这灯笼烛照着黛玉的灵魂之花,她将整个自己化作了这永恒的生命之诗。

沿着潇湘馆逶迤的长廊出来,往北走可到缀锦楼,稻香村,蘅芜苑,栊翠庵等处。

缀锦楼里如今种满了凌霄花。有的花朵开放了,有的则还是一个狭长形的花苞。

花的开落里,有众生相。

去往稻香村的路上,要经过省亲别墅的华柱。这是元妃省亲第一个所到之处。匾额上最初题的是"天仙宝境",元妃直叹道"太张扬了",便改为"省亲别墅"——这才由天上到了人间。世人都晓神仙好。有时想到人世的爱别离,求不得诸苦或可是美的。因为不完美,人才懂得了珍惜与悔意。如神仙般没有烦恼,是另一种阙如。

元妃舍弃"天仙宝境"的华贵,选择"省亲别墅"的写实,不可不说是她心灵世界里闪耀的一抹智慧微光。

站在省亲别墅的牌匾下，迎面当着的是一大片池塘，视野开阔。湖边所植多为柳树，不少人在树荫底下乘凉，坐在山石上观赏野鸭浃水。

稻香村与蘅芜苑位于大观园偏安一隅。特别是蘅芜苑，更是紧邻着梨香院处于犄角处。蘅芜苑里虽没有书中所写的异香满盈，但到底与怡红院的开阔、潇湘馆的清幽比起来，自成另一种风情。

进门后则是一处山石隔断。其上栽满了密密层层的藤蔓植物，人要绕过它才可到正室。

如今蘅芜苑已开发成卖线香的商铺，倒也算是应景。然置身眼前的香铺，脑海中看到的仍是薛宝钗穿着半旧不新的蜜合色衣裳，就着日色，坐在窗前描花样子。

秋爽斋在最东边。

从蘅芜苑出发，沿着原路而行。这一走，不觉到了滴翠亭。这是四面环水的一座小亭子。

水面风来，捎来了小红与坠儿的悄悄话儿。仔细一听，又随风散了。滴翠亭里清凉通透，栏杆上坐着休憩的人。

坐在西面。看到身后一个不起眼的小土丘上，桃树低低地向上伸展枝丫，树叶间结满了翠绿的、圆圆的桃子。

要走近方可看出，那正是宝玉偷看《西厢记》的所在。当年正是这样一株桃树，将自己最艳丽的花瓣，飘落在那个少年的衣襟上。陪他一起做了一个如花美眷的好梦。

沿着小径绕到桃树后，便是黛玉为花儿们寻觅的香冢了。今年葬花人笑痴，他年葬侬知是谁？世间有诸多疑问，都是不可当下找到答案的。比如，黛玉为花儿找到了香冢，而她自己呢？

站在那一处并不宽阔的香丘上，眼前仿佛看到那个孤苦无依的少女，她在问自己，天尽头，何处有香丘？

她会有答案吗？

仍是从南门离开大观园。眼前是车来车往的现代公路。时间与空间，仿佛断裂般开了一个口子。当时荣宁街上的一切昌盛，被这繁华无限的现代都市所取代，寂寥地沉落下去。

面对眼前的新世界，我把心留在了身后的大观园。留在那场梦里。虽然终归梦醒，仍然感谢这世上有梦可寻。

递天梯的人

终于赶在三月结束的最后一天，完完整整又读了一本书。此刻仿佛完成了一项艰巨任务，长长地舒了一口气。我笑对朋友说，自己三月份的生活像是逆洪荒而上，对抗着日常琐碎巨大的阻力，于夹缝中读了几页书。有些事情上对自己的要求近乎苛刻，力求做到对自己有交代。日本文化里，三月被称作"弥生"，此中有说不出口的禅意以及努力的倔强，三月我是活得颇为费劲的。

等飞机的时候，登机口绿色长椅上人不是很多。面对面的一排空着，迎面走来一个穿校服的中学男生。坐下前将书包哐当一声重重砸向我这一排，我被这种鲁莽惊异到，正襟危坐起来看了他一眼。他心大到早已旁若无人地打开了 iPad。

他的母亲很快走过来，坐在他对面的座椅上。母亲说，上次生物题你就一连错了五道，到底会不会啊？男生埋头，手指在iPad上机械地滑动着，对母亲的质问充耳不闻。不可想象，亲子间的互动有一天会滞塞至此。但这种父母与儿女的现状如今并不少见。

接受教育究竟给人带去了什么？人们通过教育这条路，最终将通往何处。

这是一个知识与信息爆炸的时代，人类的一切智慧成果都有了概括与总结。任何理论的提出，背后都似乎能找到"科学的支撑"，由此人类才可对自己任何的发明创造、所作所为底气十足——我们的行事皆是"科学的"，有据可依。

想起古代的教育。古人在现代人看来似乎要成了经验主义了，美其名曰古典的形式。但古人教孩子"父母在，不远游，游必有方"，这是生动的孝道。古人又教孩子"天地君亲师"，这首先是教育孩子一种秩序与谦卑。如今在"民主自由"教育下成长起来的孩子，缺乏敬仰与虚怀之心。所以今人可能最大限度增长了智能，但他们却少有智慧。

智慧不是知识。一个人能在生活中给他人带去的是一种疏解，而非紧张的对立，这需要的是智慧。知识教育对此是无力的。我们教会孩子那么多的解题策略与方法，可他们对如何与自己与他人相处，茫然无措。尤其在当今社会，教育有时尴尬到触目惊心。人们越来越被困于手中方寸的网络世界，如何以心印心与他人相处，及至唤醒自我内在的觉知与觉醒是迫切的命题。

登机后，身旁的座位一直空着。直到机场广播找人，这才慢慢走上那最后一个旅客。人还未现身，声音便先自传来了。"昨晚才和你一起飞，今天又见到你了。"一面说一面走来座位坐下。这是一位两鬓花白，发已稀疏的男人，矮矮的，穿一身蓝色西服。空乘蹲下身子帮他拆解拖鞋的塑封袋子，男人拍着对方的肩膀说："我不会给你小费噢。"言行间已是调侃与越界了。他又"数落"起昨日航班的延误，"嗔怒"了面前的空乘一句："今天要是又延误，我就在飞机上陪你飞回来。"

开篇的那个关于教育的命题又闪现于我的脑袋里。教育终究对一个人的作用力在哪里呢，我有时为此悲哀到很想哭起来。如今这个开化的所谓文明社会，多数人是受过教育的，但我们并没有从中学会如何得体地活，对自己与他人都少了一分严肃与尊重。千军万马走过那一座独木桥，独木桥的另一端是个什么样的世界？

最近在书中读到的"菩萨低眉"这样一个画面，真是惊心动魄极了。它诉尽了我在这现实世界里，与人周旋时诸多无法对话的无奈与苦衷。所谓菩萨低眉，是菩萨也不愿看了。一看，思想便着了痕迹，一看，便要起一个慈悲的心念。是菩萨也会疲惫吗，才想要以这样的低眉无视规避一些能量无谓的消耗。无论这解读如何诙谐的，但从中有一种很俏皮的生机。

最近在书中结识了一位新朋友，应该算是很深联结的那一类。虽然此生会面的可能性近乎零，可仍然心里感恩并为这样的遇见庆幸自己的好福气。因为从此知道，尚有这样的灵魂存留世间，她将永远在海峡的另一边对我报以懂得与珍惜。如此，那些现世的坎坎坷坷，我似又可以翻过去了。

不预备把她的名字写于文章里。任性地想保留一份神秘，这也是我对她所能做出的珍惜。一旦将之公之于众，不乏猎奇者慕名而去，草草读了她的几行字，便嗤之以鼻将一己浅薄去给她胡乱下个定义。她是我内心的珍珠般瓷白的人,我愿做她永远的贝壳。

　　马可·波罗曾到访中国。皇帝问他所过之处,哪里最美。他描述的河流山川无数,唯独对自己的故乡威尼斯只字未提。我想,在这一点上,我很是懂得他的。

明灭

午后沿着山坡走，凤凰木撑开，呈密密层层的伞状。阳光很好，行人近无，适合消食步行一会儿。偶有一段新修葺的石阶，通往高处平台，远望去是幽深的丛林，两株芭蕉油亮高大。同行的人说，不要轻易去不熟的路，可能会有危险。

人总是对未知恐怖。

有的可以绕开，有的则无法规避。

朋友的母亲重病，昏迷一夜至今未醒。吃中餐时，席间提到人的死亡。多是突然之间，喝一盏茶的工夫，人便没了。有人提到自己年长的朋友，对子女说，你们不必来找我，即便找，也是不能够的。至今亲朋无一人知道其去向。这是能量自持的人，他们已然进入更高的境地。有一些人，会以看似绝对的方式教他人放下，慧根更深的人则从中接近究竟。

有人说自己久病的伯父靠呼吸机维系生命，家人无力支撑医疗费用，商议将其氧气管拔掉。伯父听闻，惊恐万状。呼吸机器，一切医疗抢救的任何方式都是过渡的工具，有时是阻碍。

贪生也是一种贪。贪欲有时出于恐惧。

还是能量不够。对未知始终保持坦然，也需要福德。

生命的另外一端秘不可测，活着时，应尝试多给予自己及他人鼓励。要有信心，勇敢，尽可能练习远离颠倒梦想。

想起去年的秋天，和朋友在社区咖啡室里聊天。那是隐匿于生活区的一间店铺，面积小，绑着白头巾的女孩安静地调制咖啡。全是樱桃木颜色的矮桌，帆布垂悬窗前，用小夹子固定一角，可以看到窗外散步的老人。

朋友说，父亲弥留时，大姐带着她们在父亲床榻前唱歌。大姐说，爸爸，往有光的地方走啊。她不理解，但跟着大姐唱着，强忍着泪。我说，你帮助你父亲做了很重要的事。

那个平平无奇的下午，因一些深入的对话，不时让我感到鼓舞与振作。我已很久没有见过她，她的故事注入我的生命，使能量永固。

对朋友说，那些在睡梦中走掉的人，真是福报深厚。希望自己最终也以这种平静的方式回家。朋友说，多行善事。是的，我们的"舌身意行"最终回向我们自己。

"很多时候，想到你的样子，我就会热泪盈眶。一种无以名状的温暖和悲悯。"

我们以正向的存在介入他人的生命，唤起他人的柔软心性，悲悯和敬意，是不是一种生命之间的相应与相契。有的人与人相遇，只有彼此撕扯，愤怒，这应该斩断。

因空见色

看完霉霉大电影的后劲很大，涂一个"霉霉同款"的指甲油便是这股后劲的余波。十个手指头涂以不同颜色，对应她不同时期十张专辑的主打色，每一种颜色即是对一段心路历程的总结。当中有如梦似幻的紫、一洗无尘的蓝，还有隐约闪着金沙的黑。我最喜欢这一种颜色，再幽暗闭塞的时光里仍有金箔金粉的微光。

这是一种隐喻。

以颜色为自己的人生片段做注解，此法鲜活泼辣，近乎一种质朴纯真的可爱。像是回到人类的最初，文字尚未发明，唯有结绳记下那些怕遗忘的事。每系上一个结，便是在心上也那么利索地一锁。虽然极有可能绳结越来越多，早已忘记当时经历过什么，但心里总知道日子到底是这般丰富坎坷地过来了。宋词里有句云:心似双丝网,中有千千结。自古人心就是如此百转千回的。

对颜色、气味敏感。读书时,对颜色的描述关注最多。曾经读到《红楼梦》里写王熙凤,惊叹她竟是这样一个闹哄哄的天上人,好不爱怜起她来。金丝八宝攒珠髻、赤金盘螭璎珞圈、双衡比目玫瑰佩、百蝶穿花洋绉裙……整个人真是明媚照眼得很,一切人事都要在她面前黯淡无光了,只因她自成一种秩序。

颜色是一种语言,也是一种气质。林黛玉与薛宝钗无论再如何美丽动人,也永远无法与这一身的热烈艳丽相贴合。否则林黛玉将不再是林黛玉,薛宝钗也必不是薛宝钗,她们被这衣服削减成另外一个美丽却寻常的女子。美则美矣,灵性早已荡然无存。多少人在毫无生命力的美中死去。

又想到唐朝官员的朝服,也是在颜色上表现得极为认真。唐时以颜色区分官员的品级,三品以上官员着紫袍,佩以金玉带。四五品着红袍,佩金带。六七品着绿袍,佩银带。八九品则着青袍,一切的金银都免去。

颜色原是无品阶的,这原不过是世世代代的约定俗成，最后成了戒律，各种颜色这才在人间有了着落。也正是如此的文以化人，在汉文化里长大的各代人，读到《好了歌》中的"昨怜破袄寒，今嫌紫蟒长"，才会懂得其中所说，皆是富贵浮云之间巨大的转圜。

之所以想涂霉霉那五彩斑斓的彩色指甲油，或许也是某个刹那，自己与颜色相知相亲的记忆被唤醒。只可惜这过于绚丽的指甲油，在我的指尖仅停留了两天，便匆匆跑去美甲店里卸掉了。总觉得怎么看都是不对。直觉是：自己这样一张素面苍白的脸，承载不了如此多颜色一齐奔涌而来。这种错落，与穿了一件极不合身的衣服无异。

想起昨日早晨等红灯时，道旁树荫底下的一对情侣来。女孩穿着极短的修身连衣裙子，坐在石墩上。衣服紧紧裹住她的整个人，几乎是压迫性的，女孩的丰腴暴露无遗。她两条腿紧紧交叠着，无论如何把裙子奋力往下扯一扯，皆是徒劳，肉胖的两条腿露在外面，触目惊心。我当下便感到一种局促。原本衣服与人该是相接应的，向来只有衣服去贴合这个人，而必没有人去迎合衣服的道理。

所以中国传统倒大袖的古法旗袍，在一众服饰中自成一种风光无限。人在衣服里，却又与之若即若离，行走时,风浪细细鼓鼓吹拂进来,裙摆与袖子涌动波涛,这全是因为人的身子在衣服里总是有回旋的余地啊。

这天底下的美,首先便是合适。像苏轼所言,淡妆浓抹总相宜。真真是好一个相宜。

出其东门

列车到深圳已是傍晚。

旅客涌向出站口，在窄小的手扶电梯处堆集。跟着人潮挪移向前。大多数人低头刷手机，机械般迈着步子。时常在这些时刻感到作为个体的落寞。

不远处的绿玻璃大厦旁，一轮红彤彤的太阳悬在半空中。金色荣光让它看起来像是软绵绵的一团，当下感到一股暖意。这一刻我是属于它的，它也正圆圆满满看着我。朋友说，每当日暮时分，他便觉得有一种挥之不去的远远的哀思。他爱李清照的词，落日熔金，暮云合璧，人在何处？可我此刻以为，并非每一次日落都是怅然。

想起这个匆匆逝去的周末。早晨在一阵鸟鸣中醒来。天还未亮。躺在床上隔着白纱帘望出去，窗外尚是一个青色的朦胧世界。轻薄的云雾缓缓移动，把时间都带走了。

唐诗里写道："打起黄莺儿，莫教枝上啼。"每次想起来便觉得喜悦。原来人在这八千世界里，与一花一鸟都可以是这样的有商有量。又想到庾信似有句云"影来池里，花落衫中"也正是这种相爱相亲。真是没来由地心生欢喜。

昨天后半夜下过一场大雨。泼天的雨声，让湿淋淋的夜晚变得格外具体。伴着雨声继续睡去，只觉当下情景诗意极了，一如史湘云当时醉卧花间，林黛玉说她睡出一句诗来。醉眠芳树下，半被落花埋。

张爱玲写过这个世界上最凄切的等待，但上半句我却觉得是明丽的。"雨声潺潺，像住在溪边。"我的昨夜，便是一只小鹿在山涧这样的饮水。

还记得抵达小城的第一天，也是在傍晚。车站门口出租车排着长龙，司机走下车来，站在路旁抽烟，聊天。与大都市的有度比起来，这份无序竟是小城才有的闲适。它们是《诗经》里来自各国的山野之风，所述皆是有情有意的人间烟火。"出其东门，有女如云。虽则如云，匪我思存。"这样野性而直接的爱恋，唯有在人间可访得。越是小城，越是能捕捉到活着的明证。

司机是中年女性，用发簪在脑后随意绾个髻子，仍有乱发蓬蓬地垂下来。她眼疾手快，夺过我手中的行李，熟络地放进后备厢，招呼我上车。没等我说明目的地，车子已启动。她开得很快，车窗敞开着，风鼓鼓地灌入。

当地人多驾驶摩托车出行，一路上随处可见。摩托车上坐着的或是父女，夫妻，年轻的情侣。"今日何日兮，得与王子同舟。"歌谣里这样的自喜，我却并不觉得愉快。这分明是说话的人先就自降了身姿，那喜，便也不是十全十美的了，多了几分谄媚。人间偏却时时处处都是这种小小的圆满。

有的摩托车上，中年男子载着年迈的母亲。老人家怕风吹，阳春三月天，她仍穿着厚外套，短的银发被风吹得乱蓬蓬。紫衣底子上满满的玫红织锦花，实在是艳俗的配色，却与这小城有种别样的相宜。

车路过石桥。一个男孩倚在桥边，斜着身子拍远处低矮的山群与夕阳。他身旁是一棵开满粉花的树。花似小小的，拢成团，像一个个随时可被风吹破的薄皮小灯笼。

金发红衫的女司机开着小货车，面带倦容。眼前后视镜上挂着一串紫檀色佛珠，黄木小葫芦胖胖的，摇啊摇的。

我突然想起一个遥远的古代世界来。女子深藏闺中，每日做着女红，在素绢上照着花样子绣花。她们不知外面更有一个世界。

几乎不可相信曾经闹闹哄哄的人间缺少女子。声色犬马变得不完整。所以多少英雄豪杰爱江山也爱美人。但我更喜欢项羽，他对虞姬已不是爱，而是深深的知。

我突然要哭了起来。感觉眼前是一个活生生金灿灿的世界，辉煌如炬。我正参与其中，一个陌生女子驾着车载我奋力奔驰。我真想对路上那些来来往往的人说，我爱你们。让我们一起歌颂与赞美吧。为这年轻又行将老去的人生。同时我也知道，此时此刻这份沸腾是很快会消逝的。我又将在现实里长久地休眠了。

武陵春色

列车窗外是漠漠水田。红顶白墙的小房子,让这空旷乡野成了静好的人间。诗云:暧暧远人村,依依墟里烟。我想正是这样一种朴素的美意。

比起大漠孤烟、长河落日的辽阔,我更爱这市井人家里的寻常烟火。感到自己的人突然有了着落,可以随时路过人家院子,进去讨一碗水喝。

车厢里其他人早已躺着熟睡,呼声如雷。我想这正是人们在过着日子,一些人睡着,一些人清醒地坐在窗边,看看那些树木、田野、村庄从眼前飞驰而过。心里感到踏实。一时间又进入隧道,很长很长的黑暗,世界暗了下去。当下又有些落寞。

这两日,穿行于南方两座小城。仍是淫雨霏霏的气候，人走在淋漓的水雾里，室内的暖气成了唯一的慰藉。王老师说，不可当着风口吹，身体里的湿热之气多是从这里来的。我不是很会调理身体的人，还美言称自己百无禁忌。直到这些年，身体开始时不时不适，这才知道食百谷的人哪有不靠调理便能康健的！人一时间又变得不洒脱了起来。

朋友不多，这些年更没有交往过新朋友。习惯了静寂。安静地度过一天，竟似成了一种自我赋能的时机。到底是过了需要陪伴的少年时代，如今乐于独处。当时年少春衫薄，如今听雨客舟中。

通过南来北往地讲课，被一些人记住。

去年夏天，一位邵阳的老师联系我，说想把《红楼梦启蒙课》送给几个学生，作为奖励。她说，其中一个女孩很喜欢读《红楼梦》，她一定会很开心的啊。有时，这种精神上的满足比金钱更可贵，千金易散，唯有智慧与思维恒久，充满源源不断的能量。

我将签好名的书寄给了她。这是我们之间仅有的交流，但我感到一种满足。近乎圆满。这个月有场活动正是在湖南举行。她迢迢赶来，在现场找到了我。

那是一个白净的女人。高高束着马尾，眼神干净清洁。她走近前来，挽着我叫"刘老师"。更无其他的话，我们却仿佛认识了许久似的。我们在向美堂前拍下了一张照片。

她手中拿着的，是夏天得到的《红楼梦启蒙课》。我摸了摸它，难掩内心温暖。封面上，那一树桃花灼灼，林黛玉与贾宝玉依旧。我心里知道，无论过去多少年，它始终是自己牵挂的孩子。

还有一个吉安的女孩。加上微信应该是几年前了。当年活动结束后，她前来问我临的是什么字帖，这才知道她平时也是习字的。我们加了微信，联络很少。但她关注着我的诸多消息，我很感动。

这次也去了她邻近的城市。她前一晚告诉我，第二天去现场见我。早晨我早到了些时候，在后场等她。

她穿着一身灰蓝色的长呢子大衣，出现在我面前。一头乌亮的长发密密地垂在肩上。几年前匆匆一会，我几乎记不清楚她的模样，但当她站在我面前，我又当下确认这便是她了。

活动结束后，她说正在雨中，等着送我一束花。当时我已离开会场，所幸最后到底是托人送来了。那是一束洁白的玫瑰，尚未完全开放。饱饱的花苞，雨滴也是鼓鼓地挂在花瓣上。我即刻感到了她立在雨中的清冷。

这次时间充裕，和老师聊了很多。对老师说，我逐渐懂得每个人来到这个世界上，都有属于自己必须做的事。我要做的是讲课以及书写。其余的形式，不是我的道路。这是我在接纳自己的人生，也在接纳每个人的人生。唯有在自己的道路上行走，才能最终让心量增长，而非逐日消耗。

窗外天色已黄昏。人的生存，也如这天色将晚，本便不是时刻灿烂辉煌的。比起热闹地走在人群里，夜归独行更接近我生命的底色。

江月年年初照

　　在咸阳机场转机,想起这两天发生的事情,多是好的事情。最开心的是,思思在龙年初生了一个女儿。我们用林老师的手机看了小宝宝的照片,是一个糯团团的女婴。那是她出生后,护士帮其洗澡的视频。一个鲜嫩的小生命,被包裹在柔柔的鹅黄色对襟衣服中,穿紫色衣服的护士双手捧着她,站在水龙头旁边帮她清洗。

　　女孩取名叫宬碧。那是王老师为她取的名字。林老师说,她小名就叫宬宬了。宬宬长得白净,脸蛋儿是粉粉嫩嫩的,那粉色是从透明的皮肤里渗出来的,像一片胭脂沾了水。

　　林老师说,宬宬的头发像思思。的确是的,乌黑发亮,很长很长。五官则都像爸爸思源,右边嘴角的小酒窝最像。王老师说，女儿像爸爸有福气。戒戒才满一周，如今头发就长到这儿了。林老师摸了摸自己的脖子。我听了非常快乐，仿佛有种别样的喜庆，这蒙古的寒风也都裹挟着暖意。

一个小生命就这样诞生了。对这个人间来说，是当着天大的喜事。无论给人带去的是什么，各种各样的情愫吧，可总归是吉祥的。

母亲说，我出生的那一天，湖南下了一场很大的雪。爸爸骑着自行车去医院送热饭热菜，路上撞倒一个行人，额头磕在马路牙子上，流了好多血。那人却热心肠，完全不计较爸爸的匆忙鲁莽，还催爸爸快去医院看孩子。我想，面对新生命，人人心里都有种欢喜。

我每回听母亲说起这件往事，总会真真切切看见我那还是一个年轻小伙子的父亲。那个尚不够成熟懂事的大男孩，竟是一个孩子的父亲了。那么，无论他往后做得有多么的不好，我都可以原谅他。他在那场大雪中，因我而产生的急切与欣喜，胜却人间给予我的无数。

我和王老师一同在咸阳机场转机。已经好久没有见过王老师了，时光匆匆，没有来得及说些什么话。他年前动手术，大病初愈，人没什么精神。办好中转手续后，我们各自去往登机口。我们在一家快餐门口告别，我开心地和他说再见。可是转身往前走时，又突然觉得很惆怅。

或许是下午在飞机上读到一篇文章的缘故。文章里写到，一个1977年过二十一岁生日的女孩，她那天非常快乐。我算一算，如今那个女孩早已是很老的老人了，她的心里，那个年轻的少女还在吗？又想到前天在车上，林老师说，戌戌也是个龙宝宝。我心里当下想，我比这个小娃娃大了整整36岁。等她长大后，这车上的人对于她们那一代人来说，我们都不曾存在过吧。她永远不会知道，那个曾经为她取名字的人是谁。

在这转瞬即逝的世界上，我们能在同一个时空遇见，多么珍贵啊。想到这里，真是感到落寞又幸福。原来有些幸福是会痛的。

藕花深处

随身带了一本朱天文写的书，不知是什么时候买回的，却一直没开始读。倒是她妹妹朱天心、父亲朱西宁的书读过不少。

曾看到朱家三姊妹和父母的一张合照，一行人坐在小船上，身后的湖面满满地开着荷花。天心长得像妈妈，浓眉大眼睛，圆圆的脸盘，天真潋滟如那早晨的露珠，从一双眼里闪耀着。

天文则像父亲。倒不是眉目像，而是神情。娴静、清淡、聪明而忧郁的少女。我更喜欢天文，或许知道自己与她是同类。如今读了她的文字，更确认了自己当初对照片一瞥所判断的无错。她的文字如同单纯干净的少女，那些隐隐约约的，在他人眼中甚至是神经质般的怅然若失，足证她是我一眼便看到的女孩。

舍不得那么快读完这些文字。只因不知道下一次在书中仿佛遇见自己是什么时候。这种惺惺相惜、与性命相对的感觉实在难得。我最喜欢书中的八个字：鹊桥俯视，人世微波。

这两天我和孩子们在一起，感受久违的快乐。我们一起学习。他们说了很多话，我记得真切，大概永远不会忘记吧。

一个男孩说，陆游因为有一只猫陪伴，他便不再孤独，也不再怕了。这个怕字，闪电一样击中我的心。这个小小的男孩，能够如此敏锐地体察到另一颗遥远心灵的恐惧。他是有大悲悯的人。

男孩忧郁沉静，说完笃定地看向我。一时间，我觉得在我面前的他，是那么远。他成了一个遥远而放着光的意象。那说话的声音，是从他很深很深的灵魂里传来的。我觉得自己是全天下最幸运的人，因为他令我如闻妙音，当下又非常惆怅。闻一声佛法，满目仓皇。

一个女孩说，我忘不了家乡的月亮，因为那是和最亲的人一起看过的月亮。是啊，季羡林说，走遍万水千山，他最忘不了的是家乡苇坑上空的那一个小月亮。那一个小月亮！

坐火车去鄂尔多斯。广播里说，下一站到站托克托。我因而知道自己已经离开家很远了。这异域的名字让我感到新鲜。坐在深蓝色的座椅里，低声地重复一遍。舌尖在口腔里悄悄地碰撞着，一次，两次，小小的气流呢，在喉咙里像一颗很小的豆子蹦跳。

我隐约感到快乐。我始终还是那个自顾自快乐与忧伤的女孩。可我已经快四十岁了。

红笺无色

早晨醒来,看一眼窗外的云和石头森林。喂猫,打开电脑写工作计划。

终于从假期的冗杂中回归。过去的日子,有时沉重得仿佛溺水的人。高密度的交流,消耗元气,自身在亏损能量的感受中,更体会到静与定的珍贵。有时想要在房间里独坐一会儿,让因在人群中扩散的能量,重新回来。

如今日子恢复如昨。平静到像一个人坐在傍晚的湖边,看波光中倒映着的白鹭影子。

曾经在书中读到一个人谈创作。他说,创作就像造一座塔。尽可能结实、健康地累积,描摹颜色,让它成为一座完整的塔。至于意义与好坏,则留给看塔的人。

我当下的工作便是造塔。有些事,还没有做便知道无论做得好与不好,圆满与否,都是一种福德。

与喜欢的人在一起,往往时间紧迫。彼此相爱比什么都重要。

取快递时找不到丰巢快递柜。询问路旁年轻的外卖员。他冷漠到不曾回头,指着身后说:"就只这两个了。"待我走后,远远地身后一个声音响起:"喂,我找到了,那头还有一个的。"人类表达情感的方式何其多元,我们所见是如此有限。

读诗,遇到喜欢的句子。

相思常不见,清冷玉壶冰。

联结

日历上显示，今天是北方小年。我在车站，置身熙熙攘攘的人群。老人、孩子、男人、女人，有的年迈，有的年轻，有的才刚学会走路。在他人身上我们最终看到自己。一个正逐渐走过人生各个阶段的自己。

带猫洗澡。洗护师是一个年轻女孩，她养了两只猫。初次见面，她分享手机里猫儿的照片。她爱带猫出门，咖啡店、中心公园的长椅、草坪都有她与猫的回忆。我说，我不带猫出门。与猫共同生活的经验，让她与我仿佛两个相识很久的人。

猫很怕水。莲蓬头喷射的水柱足以让它恐惧。它不安地想要逃离，湿滑的爪子在浴缸壁上挥舞，可一切均是徒劳，它凄厉地叫着。有一刹那，我看到自己的猫，它浑身湿淋淋,它是那么的小。可正是这样一个瘦小的生命,为我的灵魂注入了巨大的能量。

它唤醒我的爱,让我一颗爱心长久地在着。它的存在,卑微而具体,对我的意义妙不可言。

在同来洗澡的猫与狗中,它显然是最惊恐的一只。一个男孩大叫着,扑向它,用手蒙住它的眼睛,揉搓它的脑袋。男孩拦腰抱着它,绕着货架,在狭窄拥挤的大厅奔跑。这正是人类的爱,生动而直接,只管以自我的方式付出,并不知对动物来说,有可能是另一种痛苦。

它一双眼睛无措地看向我。我从男孩手中抱过它,它将头埋入我的手臂,仿佛那是一个洞穴。我感受到它欲将整个身心投入其中的那种奋力。

有人说,猫靠声音与气味记住一个人。

我平时与它相处,安静到整日无声。当动物们在一起,我才看出它所在世界的唯一性。那是一个脆薄的,如水晶般的世界。很小,只有我与它自己。我不知道对于它来说,我存在的意义是什么。就像我难以定义它之于我。

有时我们努力追寻所谓的意义,仿佛那是一种具体的东西。或许有一个刹那,我们都会领悟,意义并不可具象,那是一种心灵的频率,一次灵魂的波动,或者是虚空中的一束无明之光。

等电梯时,身旁是一对高龄老人。婆婆坐在轮椅上,爷爷推着她。进电梯,爷爷明显吃力,他自己身体状况也不很好,动作迟缓。我问他们住几楼,帮他们按下按钮。

狭窄空间里,眼波的流动都是惊天动地的。我们保持静止,与此同时感受着对方。电梯门开了,婆婆露出笑意,笨拙地朝我挥手,对我说拜拜。不管年纪多大,她是个始终活泼的女孩。爷爷看着我,没有说什么话。但这一眼,已是他对我的谢意。

我们这一生,是为什么而来?

与朋友聊天,提到康熙。他说,康熙是明君,但不是一个好皇帝。我细数康熙朝的翦除鳌拜党羽、平定三藩、收复台湾,以及康熙对江南文士的虚怀。

从不同的视角去看同一个人,毁誉参半。我们注定无法看得全面,可怕的是固执地以为所见即全部。

我接纳自己的有限。

古今一瞬

和朋友去植物园。天气阴冷,眼前世界呈现迷蒙的灰色,像一个秘密。

排长队搭乘大巴车上山的人很多,我们选择步行。道旁栽种最多的是非洲苦楝。粗壮挺拔的树干布满灰白色瘢痕。

半山腰的亭子旁,一处树桩后面立着一块石墩,刻着"南无阿弥陀佛"。

来到湖边。对岸落羽杉叶子已枯黄,我见过它们苍绿的模样。这是想象中的湖泊,冷寂,深邃,聆听过很多人的故事。

我们坐在湖边长椅上,湖面停歇着木船,静止的力量。白鹭立在船头,羽毛的白色明亮而具体,仿佛不似真的。其中一只沿着湖面低飞，一头扎入水中，灰黑色的长喙先端衔起一尾小鱼，或者是泥鳅。捕食后的白鹭，在我们头顶的树枝上落下，猎物在它的利喙中挣扎。

朋友说，这就是自然的规律。

白鹭时不时飞起来，发出鸣叫。那声音空幽而静。

脑海里浮现出曾在书中读到的画面。冬日的湖面上，盛开无数莲花，时间只存在于世间，不属于这里。女孩的小船靠近花朵，它们便漂走了。一株湿漉漉的树枝伸进人家的窗子里，枝头的花被露水打湿，沉甸甸地低垂在案头。

书中所述画面，长久定格于我的记忆。

灯

几年前做过一个梦。

炎夏的午后,躺在沙发上。梦中世界被云层填满。仿佛满满的一池荷叶荷花,紧密得无有空间。没有人,梦境简洁到如同静止。念诵经书的声音,从云层背后传来。很远,却如金石锐利。

醒来后,始终与梦境隐隐联结,被莫大的能量包裹。记起复归于母亲子宫的暖意。整个身心轻盈自在,放大光明。那个时候觉知到自己的存在,刹那,深刻,具体而微。

和朋友说这个梦境。他在经书里查阅,最终找到梦中声音提到的菩萨。

我们无法理解的,是一直存在的。有时看见的,却不愿相信它是真的。真理朴素得不可思议,人创造出无数概念以蒙蔽自己。

看见自己。那个生起悲悯心、寂静心、清净心的正是自己，不是别人。

看过泰勒·斯威夫特的电影，荧幕里泰勒·斯威夫特是拥有健康美、绽放蓬勃生命力的女孩。大方展现身体，干净清爽的笑，不令人产生任何不洁的念头。有的女性呈现出谄媚、妖娆等一切作态，与服装妆发无关，是心里的念头向外的显露。

灵魂之间的沟通是无碍的。语言、肤色、种族并不是障碍。相认是一滴水汇入另一滴水。泰勒·斯威夫特正向的能量充足饱满，是一簇火苗，可以永远燃烧下去，点亮他人。

要做可以燃烧的人。

晚归

和朋友吃完晚餐,一路走回去。这里是远离闹市的住宅区,人和车辆都少。天逐渐黑了,路边的植物变成黑色剪影。仿佛回到小时候,城市随着天色一同暗下去。白天与夜晚的更迭,如此有序且规律。

我们挽着手,走得很慢。她说,明天要上班了,很焦虑。我说,先过好今天。

聊到许多话题,深深浅浅。养育孩子,工作,人生的高地与低谷,不同阶段的选择。这样的交流很好,自然流动,有新的东西在生长。

她说,老公嫌她太肥胖。她想去做手术抽脂。

当下生出莫大悲悯,我看见自己这种情绪逐渐浓郁。各种各样的关系,犹如绳索缠缚,我们在这样的关系中。

要为自己活。

道理我都懂，可我很难做到。

那是因为你没有看到自己。

如何看到自己呢？

当你看到他人的时候，你就能看到自己。

路灯下，黑色柏油马路放着油亮的光。夜是昏暗的橙色。像空房间里点着一盏酥油灯。眼睛能看到的十分有限。

两个工人往卡车上搬运重物，其中一位年龄很大。

一颗心从诸物之中剥离，逐渐轻盈，化开，洁净。这种体验如盐在水。

有时很思念一个人。集中一切心念，郑重告诉对方。想你。

能量足以扩充心量，无边无际中，我们正在相遇。

看见

　　读书的时候容易忘记时间，透过门上的玻璃挡板向外望去，屋外正下着绵密小雨。走向门边，长久注视这样的景象。嫩黄的叶子跳跃枝梢，万籁俱寂。

　　无比美妙的空境。

　　父亲住院时，我从医院走出来却无处可去，独自坐在湖边看荷花。那是夏天的傍晚，远处红霞蒸腾着暑气，石墩上有一只枯色蜻蜓。忽然下起雨来，清凉，凄楚，感到孤单。觉得自己可以在那里坐很长时间，看到很久很久以前的事物。父亲从电话里说，你不要哭，快回去。

　　早在少年时期，经历过刹那的醒来。

　　房间有一盏琉璃灯。睡前躺在床上，头顶泛着金色波涛，时光在流动。那是能带来深邃冥想与回归的幻影。此幻皆真。凡是能从中有所觉、有所悟的事物，都为我们提供开悟的契机。

深林里一棵树轰然倒下，这棵树真的存在吗？

正在读的书中，作者说，很多人问我生死的问题，其实我刚刚已经讲过一遍生死。读到此句，心里当下产生莫大震荡，泪流不止。两股心识之间的彼此接应，原来可以如此直接而具体。

逐渐对书里的句子有更深的体悟。这种接应，并非心的变化，心始终是如一的。变化的，是通往心的那股能量正日渐增进。更集中、专注，因而纯度更高。

坦荡勇敢地爱他人。从爱里最终看见的是自己。记住这样的自己。她是下一世的因，上一世的果。玄之又玄的生命，在因果中廓然明了。

喜相逢

滨河大道上车辆如梭，花坛里的花开了。行人皆戴着口罩，彼此保持距离。冬去春来，我们似乎习惯了这样地活着。从最开始的恐惧，直至如今的习以为常。除了人人戴着口罩，其余的皆慢慢恢复往日秩序。

环卫老人瘦小的身子，穿在不合身的橘色工作服里，他在追赶一只易拉罐。黄色的铝皮罐头，哐当哐当滚落台阶蹿入车流。他在追赶它。

在车窗里看到这一幕不禁心头一惊。人但凡只有一个目标，一切的危险似皆不在了。人的诸多属性中，"痴心"最为动人。中国的造字凝结着精神、品格、气质。"痴"字，依"病"从"知"。因为相知，愿为之一痴。

我此行是为去芯旋的宿舍看她。宿舍楼前的公共区域拉起了彩旗,不知可是旧岁春节时挂上去的。如今不合时宜地在微风里瑟瑟,让人徒增惘然。

芯旋开门,说:你怎么上来的啊?不用来访登记?我准备下去接你呢。我说,刚好有辆车进来,我在车后绕过来了,保安没看见我。没有寒暄,寻常得像刚刚从床上躺着聊完天,我出门买了一趟东西。

厨房里与她同住的女孩在煲汤。日子很静。芯旋又开始晒衣服,她总是在晒衣服。边晒衣服边和我聊天。问我中午想吃什么,下午看不看恐怖片。我坐在墙角的软坐垫上,一边在书柜里找书,一边有一搭没一搭接她的话。她凑近脸来,指着脸上的一颗痘对我说,瞧,你一整个冬天都没胖,脸上什么东西也没长。看看我,看看我。我捏捏她的脸,软软的像一块好吃的棉花糖。

我们下楼拿外卖。有鸡蛋羹、娃娃菜和辣椒炒肉。芯旋在减肥,我也只想吃点素的。最后剩下一整盒肉,辣椒和娃娃菜都吃完。鸡蛋羹芯旋用来泡在米饭里。边吃饭边看鬼片。窗帘都拉上,房间俨然成了温馨的家庭影院。我们还买了加冰的多肉葡萄。一大口冰沙从吸管入我喉咙,冻得疼疼的。可那又是多么真实的痛感,那痛是和朋友一起在夏天的房间吹空调，喝冰沙带来的痛。在这样一个秘密的小房间里，共享夏天的味道。

我们看的是悬疑片《闪灵》。电影快结束的时候，住楼上的小阮下来了。她从外面回来，穿着一条小熊维尼的撒腿裤子，露出脚踝。小阮的头发长长了。词里有这样的好句子，"绿云高绾，金簇小蜻蜓"。女孩的头发，有很多的故事。小阮眼睛红肿，似刚哭过。芯旋没有看见，我看见了却也没有问她。她跟着我们一起看电影。

剧中男主一直处于高压分裂中。最后我们谁也没有看懂。芯旋忙着一边查网友影评，一边自己推测，发现很多人也没有看明白这剧究竟在说些什么。可我如今写下这些文字，又似乎觉得自己看懂了。观影时的冰封状态正在解冻。也许它为向人示现一个极为朴素的真相，人都活在自己的一腔幻念里，并为之沉沦迷醉。

我们又一起打 Switch 游戏。我玩的人物是路易吉，芯旋是灰兔，小阮是公主。苏打丛林那一关，最大的那枚金币悬在半空中放着光，路易吉和灰兔束手无策，只有靠变身后的公主转动粉色的公主裙摆，才能够得着。打杰尼龟时，百毒不侵的灰兔派上了用场。每个人都在游戏里，每个人都扮演着自己的角色，每个人都有自己闯关的任务。我希望芯旋、小阮和我自己能明白这一点。

我打算回家了，小阮也说要回宿舍睡觉。只有芯旋不知疲惫，一次次要小阮和她一起吃晚餐。小阮说，早晨起来太早了，晚上我减肥，吃个苹果好了。芯旋送我们出门，她一直说，啊，都走啦？怎么都要走啦？我坐在椅子上，穿鞋时她在一旁看着我。她抱着小阮。小阮说，你天天可以看见我，你抱她吧，她要走了。芯旋又跑来抱着我，她真像我的小妹妹。我逗她说，芯旋，见我们你怎么不洗头发？她说，只有见重要的人才可以邋里邋遢。

是啊，看看我自己。上面罩着一件卫衣，下面随意套一条健身裤，胡乱绑个马尾就出门来看鬼片打游戏了。

无事此静坐

近期,我几乎无社交,珍惜与自己相处的任何一刻。周末洗净衣物,到正午便可晾干;给猫装好架子;收拾出一堆旧物处理掉;读书;躺在阳光下睡了半小时。

远处的海上,夕阳泛红的粼光仿佛在涌动。其实那里什么都没有发生。一日将尽。

曾因为工作,住在海边的房间。早晨醒来,窗外有巨大的哗哗声,以为是下雨。

走出阳台,看见大海有力地拍打岸边礁石,飞溅起乳白色水花。坐在藤椅上,静静观察了很久。撑着白帆的渔船,在海中央缩成小小的点。

收拾房子,阿姨从废弃纸箱里翻出一件旧床单。她说,可以给小旅馆的人。她描绘着那样的旅馆,在城市的角落里。密密麻麻摆满高低床，十多块可住一晚上。那是我想象不到的世界。

大堂里，保洁阿姨接过我手中的纸盒。她笑着说，昨天我老公收走了你好多纸箱，太谢谢你了，小妹。她剪着刘海，50岁左右，我看到她仿佛还是小女孩的时候。

吃完午餐互相道别。她说，你可以陪我去走走吗？我们坐在静处的台阶，阳光清朗。远处的山上层林尽染，植物各自显现出不一的颜色。语言无法形容那种美妙，能说出来的，并不重要。她说早上与爱人争执，看不到婚姻的意义。

两个陌生的人，为何最终会选择在一起生活。如果没有繁衍的目标，选择在一起应是更严肃而艰难的功课。自己和对方应该是美而好的，真实是一切维系的起点。很多时候，我们还没有学会什么是爱，便脱口而出我爱你。

这是一个缺乏安全感的世界。为了工作发来微信，又很快撤回，不留下痕迹。对他人的话，解读出多重意思。狭隘的职场世界里填满猜忌。

尽可能保持生活简单，不参与无谓的人际交往。正是为避免这些消耗能量、令人乏味与疲惫的交集。

所见的一切，都是娑婆世界的一部分。我们此生所能体验的十分有限。你会选择向外拓展边界，看到更多人的生存样态，还是选择向内探索你自己？

我们都带着累世的记忆，一次次回来。恐惧溺水的感觉。即使会游泳，当厚重蠕软的波涛在胸口翻涌，推挤，仍将感受绝望。不可用言语描述那种体验，灵魂很深处，有一个小东西彻底停止了。

时常进入相似的梦境，生命之火熄灭于一次水灾。梦里的自己有时站在孤岛般的楼顶，世界一片洪荒；有时在甲板上，紧紧攥着锈迹斑驳的桅杆，远处有海啸。我时常死于这类梦里。

醒来后梦的能量还在，靠静坐与观想恢复。但能量不会寂灭，长此以往在身体里休眠。情绪的起落，也是无常的一部分。我接纳了起伏不定的自己。看见她浮沉在河流之上，如一片叶子。

屋外阳光明媚，室内阴冷。想在有阳光的地方坐一坐。

山中无事

我请司机把车停在半山腰，徒步上山。那个路口，有一棵开着粉色花朵的树，扎根于我最深的记忆里。

那是很久前的一个午后，和朋友们吃完午餐，也是这条山路，我们走在凉薄荒芜的深秋。在一派寂寥而单调的秋景中，这棵树开着绚烂的花。

遥遥地看着它，那一刹那看到了永恒，看到时光的起点与终点，是一个如此自洽的漩涡，这棵树正在漩涡的中心。时间的流从它身旁绕道而行，它如坐标般标识着这样的不朽。惊心动魄的美。

今日孤身一人，想要拍下它的模样。一年已尽的它，如今已然是枯枝。皱缩的枯黄花瓣，在枝头摇摇欲坠。花期终有尽时，这是万物的恒律。我从中反省，自己有时仍执着于不变。无常是常，这需要很深的智慧才能最终体悟，更需要契机，我始终等待。

上山途中，迎面走来的多是老人。有的将厚外套系在腰间，浑身冒着热气。年轻一些的人呢？我在想。他们在车里，在红绿灯路口走走停停，为永无尽头的方案与规划愁眉难展。他们在路上，追赶时间与灯光，完成一些并不知目标的事情，等待聚光灯束聚焦自己的那一天。很少有人追问意义，那令人痛苦。人习惯趋利避害。

上山的路不算陡峭，不必为不适的身体停下来。专心看所能看到的一切。道旁都是绿植，各种各样的，除了那一棵枝叶盘虬的桂花树，余者我很少能叫出名字。

对这个世界所知甚少。几乎不上网络，身边与远处发生的事，多源自他人不经意的言谈中。知道有自己需要去探索与了解的，那要求整颗心的沉入，保持寂静，专注。知道光阴有限。

这南国的冬日，晴朗的日子多，充满暖意。植物们的生命活力期很长。一路上山，道旁植物的叶子大多是绿的，深浅不一。有的叶子呈狭长形，薄如蝉翼。阳光在背面照耀，叶的尖端近乎透明，有如金箔闪着光。

无数个刹那，心中为这样的景象感动。

途经一段罕有人迹的路，土壤松湿清洁。空气里泥土芬芳馥郁。风吹拂着柔软细长的枝叶，身心随之摆荡。那时的自己，正是这风中枝丫。沉重的肉身腾空，逐渐恢复轻盈。

再往前走，便是毗邻住宅区的地段。在那些树木底下，不时看到盘成蛇状的蓝色胶皮水管、缺了盖子的矿泉水瓶、污秽泛黄的纸巾、锁在栏杆上的自行车，车筐里还斜插着一把褪色的玩具宝剑。

一连好些天无法入睡。夜里清醒，身体感到乏力、眼痛。看到自己的情绪，却无法开解。昨天打开很久未使用的QQ音乐，收藏的歌单里有那个女孩的歌。歌声里的明亮与哀愁，与我的当下是何其相契。在微信里因此谢谢她，填充我的孤单。

她说，让真正的爱陪伴我们一起。

她

很长时间未写下只言片语,精神生命如同静止,偶尔为如此苍白的活着感到可怖。像乘坐飞船进入太虚,从舷窗望去,黑暗无边,坠无可坠。

终于等到她的新书,装在塑封袋里躺在门口,像一个落单却向周围发散巨大能量波的人。在人群中,我曾见过这样的人。

书中收藏着诸多照片,都源自她生命的刹那。解冻的冰河、漫天遍野的花、茶盅、油亮的落叶、饱满的白色绣球,还有一个很小的女孩,睁开一双细长的眼睛看向镜头。在这双眼睛面前,突然感到悲伤。美好纯粹的一切存在,珍贵而脆弱。

每一次读她的书,麻木的内心管道被疏通,很多的思维得以流动。又一次能向自己敞开，联结到那一颗心。这是属于我与她之间，两个生命场的互相牵引。从这些被唤醒的瞬间，看到了救赎的意义。

这种包容与接纳，让我感到自在。自己不再是渺渺大漠中的一颗孤沙，而是恒河沙数中的一部分。仿佛看到回家的路。

和朋友通电话。我们正处于各自人生转道的关节处。个体生命的局限性，注定无法对他人的痛与迷茫感同身受。所谓慈悲，也只能是很浅的理解。我们终无法超越个体的有限。

对话可以让能量流动，烦恼、智慧将从中生起。要从各种生命节点中，努力拓展"看见"的边界，无限慎深微妙的法门一旦敞开，瞬间能从当下困境中看到深意。

对朋友说，一人人海，哪有不苦的，诸漏皆苦。这一生所要经验的迷茫，都因诸多业力遮蔽了本该清凉的眼。静坐与独处，为熄灭炽盛之火提供了方便。活着便要时刻保持戒心，对他人与自己关爱，不失本心，以突破烦恼障碍，种自己的因果。

如今欲望很少，就算是年轻时也没有对潮流、奢侈物品的关注。我知道维持简单与洁净的重要。生活中几乎无社交，但坚持阅读、学习、写作、思考。一直孤独。孤独地经验爱与灵性生长。很美好的路途。

寂静地爱，学习深刻地介入本质，因而相信爱不会消失，如如不动。诸多幻象皆是转瞬即逝的造境，要努力超越，保持定力。一切的猜忌、占有皆源自浅薄。爱是寂静地在暗夜，提着一盏灯。

今天读到一句话，大意是两个灵魂的确证，见过一眼便是无边无际的相遇。无有离别。这智慧令人心安，可以不必朝朝暮暮地相见，却无一处不是那个与你同频共振的人。你是他，他是你，没有他，没有你。

向晚晴

车堵在隧道口。狭长林荫道两旁树木郁郁葱葱，像夏天的回忆。恰逢上学时间，身着校服的孩子们穿过斑马线。像正在清静院子里坐着，忽然清风自来，娇莺恰恰啼。

一个学龄前小女孩穿着花裙子，踩在粉色滑板车上，紧跟着的是胖胖的奶奶。奶奶右侧颧骨上，一片褐色的蝴蝶斑夺目。漫长的岁月都会于此。白月光与朱砂痣的重叠处，竟是一只翩跹蝴蝶儿。

瘦长的女孩跟在她们身后，穿着校服，黑发高高束着，绕成一颗乌黑的丸子。肩上的绯红羽毛球拍斜斜挎着，迎面的风鼓吹她的空荡衣衫，她走过车前，便是一阵清风拂过。女孩没有结伴的同学，也没有送她的家人，只身穿过车流与人群朝学校走去。有一刹那，从这个女孩身上看见自己——遥远的自己。

男孩们多结伴,趴在报刊亭低矮的柜台上,隔着玻璃挑选卡片。他们笑着闹着,多快乐啊。清洁女工在他们身后,一手拿着钳子夹起纸片,塞进手中的塑料袋里。她过分地瘦削,包裹在橙色的工作服中,像一片薄枯叶。

车流往前挪动,像一列老去的绿皮火车,缓慢吃力。另一群家长牵着孩子奔跑,争着先走过斑马线。没有什么事需要即刻去做,就看看人来人去也不错啊,我对自己说。遂停下车,车头却已压过斑马线。行人绕过车头前行。

一双愤怒的眼正透过车窗盯住我。那是一位老人,手牵着的该是他初上小学的孙子,他是在想,车如何不懂让人呢?与他对视的刹那,尖锐对抗的能量正戳中我。人总是如此的,人与人相交的场合,交织着误解、愤怒、排斥。

倒是不远处那一树的花开,红艳艳的,看到令人心头为之一振。有时心念摆荡,脆弱到不堪,不如一朵花的坚定。朋友说,这个世界上多的是卑躬屈膝者,少的是不合时宜的人。你正是那不合时宜的人。这便是我们存在的意义。

繁华梦

今年的"乐队的夏天"开始了，这是我唯一追过的综艺。从第一季到如今的第三季，很多优秀的乐队被大家认识。这是一个承载着年轻梦想的舞台，无论乐队成员们年岁几何，音乐让时间永远停格在了他们最年轻的一瞬。

这几季里，我最喜欢的是一支叫"刺猬"的乐队。脑海中时不时浮现出子健把吉他摔碎的场景。他在很多个刹那，彻底释放了自己。摔碎梦想后又重新捡拾起来。他一次次与自己对决，又一次次与自己和解。

还有鼓手石璐。竭尽全力地敲击鼓点，那么小的身子里竟爆发出如此蓬勃的生命力，我为之感到欢欣鼓舞。

他们在日常生活里是两个尖锐物，无法彼此靠近，争执与撕裂。但还是要在一起啊，一起在那个舞台上，唱出那些对脆弱生命的迷茫，不屈服，执拗地坚持。

还有"九连真人"这一支乐队，质朴到几乎如一杯纯净水。第一季他们唱的是《莫欺少年穷》。幕布向两端推开，阿麦的小号声响起，空气突然变得如烟似幻，我几乎刹那间就确定了那是生命的颜色，始终为云霞环绕，迷离的绝望因此而生，拨开云雾的勇气也此消彼长。

他们是来自一个叫连平小县城的四个青年。主唱阿龙、小号阿麦是乡镇学校的老师。阿麦教音乐，阿龙教美术。

时隔四年，九连真人卷土重来。

导演问起他们如今的生活，他们说，除去多了些演出机会外，其他都无改变。阿麦依然教着他的音乐，阿龙始终带孩子们画着彩色的图画。这大概是这支乐队最终让我感到振奋的原因。

如今越来越浮华的生活，有人却并不因此变得抽象而虚妄，始终真实。他们是真的通透的人，抵挡着诱惑，坚持做着自己。他们知道梦想的生长是需要养分的，养分的来源不在那些霓虹国里，而在生于斯长于斯的土地中。

第三季的评委席里坐着大张伟。他整个人都非常"朋克"，并不是我以为自己会喜欢的那一类人。这一季他却曾有一瞬间深深打动了我。当听着台上的乐手撕心裂肺时，他像个小孩一样拿手掌的边缘用力擦着眼泪。

成年人的哭泣大多是无声的，隐忍着，极力掩藏这些脆弱与真感情。只有小孩子会突然笑了，突然又大哭起来。

我不是不知道如今的节目，为了所谓的放映效果，需要一些煽情，一些悬念，一些纷争。观众乐于看这些流于形式的所谓"张力"，或许是各自人生都太过乏味吧。于是有人为了迎合这个舞台与市场，极力表演，最终失去自己。而那些发自内心的流露，是一眼便可识别出的。

毕竟，真诚与真实无可演绎。

大张伟说，他之所以流泪，是因为时至今日他看到还有一群人，一方面忍受着捉襟见肘的生活，一方面仍然在出租屋里坚持追逐梦想。他说，看到台上的那个唱着跳着的人，不是别人，而像是自己。他看到了曾经的自己。

而他又接着说，他本来应该是"那样的"，如今呢，他却在无休止地录节目，踩气球，说着一些自己都不觉得好笑的笑话。

听他说着这段话，我突然看到了他内心的细腻与挣扎。他也会彷徨吧——当他说出这番话时，我已看到了他始终保持着的一份清醒。他让我想到了胡歌。

当时看完《琅琊榜》后，胡歌竟意外地与我想象中的梅长苏十分贴合。他说，自己很少与人说话，唯一交流最多的是自己养的猫。我因而知道他是一个孤独敏感的人。前段时间听说他要"退出演艺圈"了，我真替他感到开心。这种纯净而清醒的灵魂，本就不属于那片喧嚣与浮华。他应该沉下去，沉到最深的土地中去开出自己的花儿来。而不是活在"粉丝"们或许不假思索的所谓"爱"里。

在那个泡沫般的公众圈里，那些隔着屏幕的"粉丝"，今天可以爱你，明天便可以恨你。但那些互联网上的爱与恨，对于真正感到自己灵魂存在的人来说，它们终将变得轻飘飘的，甚至不值一提。

我们为之活下去的理由，应该是自己内心深处真正想要的。听说"乐夏"第三季后便要停播了。但这个舞台曾短暂照亮过一些人迷茫的梦想，这便是它永恒的价值。

蜻蜓飞上玉搔头

我的新办公室在二楼，门前就是台阶，通往教学区。坐在办公室里，抬眼便可看见对面的教室。橙色的窗棂，暖黄色的吊灯亮着。走廊的白栏杆上，攀附着绿植。清风吹来，叶子舒朗摇曳。

办公室里大多数时候是寂静无声的。同事们坐在各自的办公室，很少走出。有时，上课的孩子们排着队，经过门前的台阶去往教室做实验，或是上体育课。偶尔看清了几个孩子的脸，圆润的颧骨上，架着眼镜。女生们高高束着马尾辫，走起路来，有种别样的精神。

很久没有和孩子们在一处了。竟会不时怀念起那段时光来。犹记得当年，每逢课间，我站在那条狭长的走廊上，望向校园围墙外那些行走的人。多是年轻的男女，他们低头赶路,行色匆匆。或拎着公文包,或捧着文件,填塞着路边买的早餐,赶往车站与地铁。

这座年轻的城市,见证了每一个如此匆忙的清晨。学生来来往往,对老师好奇而羞怯。几个大胆的男孩主动前来,问,老师你在看什么呀?于是便站在我身旁,与我聊了起来。我与学生相处融洽,彼此信任坦诚,他们愿向我分享心事。一个男孩说,那年暑假最大的遗憾,是自己采摘了一筐新鲜的果子,可惜爸爸没有回来。至今我都不知道,爸爸有没有尝到他收获的果子——我们很久没有见过了。

女孩子们则心细很多。她们是知不可打扰一个独自看风景的人吗?她们站在不远处,三五成群的。看着我,自顾自说着些悄悄话。有时我们目光相接,彼此便笑了起来。在她们最初疯狂痴恋古诗词的那一年,一个女孩对我说:"老师,独自莫凭栏。"

我如今已忘了说出此句的女生是谁。但这个注定美好的场景,永远留在了我的记忆里。直至今日,每逢独自站着望向远处,耳畔仿佛还能听到那个稚嫩之声说着最纯素的诗。

如今难以再有与学生朝夕相处的生活。也无法一时向生活追问这种取舍的意义。

坐在办公室里，时常放下手头的事，望一眼外面，往事千端浮上心头，关于学生的记忆是浅静温馨的。有时则什么也不想，看着门口无人的台阶，它们是此时唯一的风景。

我的确数过它们，一共十四级。通往天井处。那天，当我数完这十四级台阶，想到了古龙写下的故事。故事里，李寻欢对阿飞说，树上梅花已经开了。阿飞说，是啊。李寻欢问他，你可知道这梅花开了几朵？阿飞说，十七朵。当下，李寻欢的心便沉寂了。

只因他也数过这梅花。他知道，一个数过梅花的人是多么寂寞。

想到这里，自己竟突然笑了起来。想这人间的事，竟是如此相似的。我们都是故事里的人，总有花开花谢的，也总归有人会数一数那枝上的花。

我不愿说自己是个寂静的人。因为寂静本身如同生命本身，那是永不可说，不能说的。我数过那门前的台阶，并不为了什么。

如果一定要为这样的举动找个理由，或许是因我见过雨中的它们，是如何飞溅起灰白的雨花；也见过烈日骄阳下，它们曾应接过斑驳的叶影。它们如同我们各自的人生，一直在这。无声，寻常，不宏伟，更无闪耀。它们只是存在。是存在本身，也无风雨也无晴。

若无闲事挂心头，便是人间好时节。

愿长此沉沦于这不为人知的寂静之欢。

看海去

雨天，拉上窗帘，和猫一起看场电影。看喜欢的是枝裕和的电影。几乎每隔一段时间，都会再看一遍。浅静的叙事深处，蕴藏巨大能量。逐渐扩散，蔓延，在身体里流动。

《海街日记》是顶喜欢的。每一次看，都会再次确认，生活本就是那样的。朴素，简单，无论各人出发去往哪里，最终都脱离不了自身的局限。

幸子姐姐是最爱护浅野玲的人。因为她知道，大人们偷走了浅野的童年，就像她自己一样。幸子姐姐是一个坚定、勇敢、干净的女孩，我希望自己最终成为那样的人。

说到底，我们都是那么平凡。跌跌撞撞，度过一个又一个永不复返的日子。但我们又仿佛生来倔强，面对那些不可开解的人生啊，咬一咬牙，就又能够往前走好一阵子了。

那四个女孩走在海边的画面，永远停格在我记忆深处。

她们刚参加完一场葬礼，还不完全明白生命终结的意义。各怀心事，走在海边，踏着那些如玻璃般易碎的细浪，约定明年再一同去赏樱花。可是，谁又知道明年会怎样呢。

喜欢看海。人在大海面前，变得坦诚。每一个站在海边的人，连同那些不切实际的宏大梦想，缩成小小的一点。我们终归如一颗风中的砂子。这种渺小，令人心安。在大海平静的宽阔面前，我们悦纳了自己的局限。

前几日，住在海边。无论白日的人群是何其欢腾，一旦回到房间，坐在那个小小的阳台上，听着海涛轻拍礁石的声音，自己便又很快从闹市回归平静。那是心灵真正的跳动，无声，却深受鼓舞。

一个人面对大海坐着；那份踏实，或许曾带着一丝孤单，还有苦涩。但这一切瞬间生出的念头，很快便会随着层层叠叠的波涛远去。剩下的，只有眼前那闪烁的蔚蓝之光，照亮了这个星球上如此渺小的我。

浅野玲和爸爸最后一次看樱花。

爸爸说，依然能够感到美丽的事物是美的，真开心。

游戏

读李商隐的诗。《无题》一首,越读越喜欢,遂抄写了下来。

昨夜星辰昨夜风,画堂西畔桂堂东。

身无彩凤双飞翼,心有灵犀一点通。

隔座送钩春酒暖,分曹射覆蜡灯红。

嗟余听鼓应官去,走马兰台类转蓬。

此诗中脍炙人口的句子想必是"身无彩凤双飞翼,心有灵犀一点通",如果现代人还会写情书给心爱的人,这联诗的使用率应该排在前几名。但我更喜欢"隔座送钩春酒暖,分曹射覆蜡灯红"一处。此句似乎什么也没写,不过是描写贵族们那灯红酒绿的消遣，这正是为杜甫所诟病的"朱门酒肉臭"的生活，今天读来却感受到一种近乎单纯的气质。古人的生活质朴如斯，以至于到了单纯可爱的地步。

李商隐很显然对这场春夜的桌游乐在其中。只是光阴短暂，"嗟余听鼓应官去，走马兰台类转蓬"，天逐渐亮了，那酒终人散后的落寞人，只好带着前日的宿醉，独自骑着马儿去兰台点卯了。关于此句所云"类转蓬"，很多翻译说是诗人像随风飘转的蓬草一样，但我觉得此处所写分明是他宿醉的形象，熬了一个通宵，头发乱蓬蓬的来不及打理，这画面中有种随性的美意。《诗经》里说"自伯之东，首如飞蓬"，写的便是一个思念远行的丈夫无心打扮的女性，头发散乱如飞蓬，我觉得此时的李商隐或许也是这样一个"潦草的美男子"。

这句诗所述的这画面，与昨夜的欢闹形成鲜明的对比。天下没有不散的筵席，昨夜的欢笑如烟散去，春宵一刻值千金。它是那么不真实，如今唯有诗人独自骑着马儿，闯入寂寥的新的一天。他肚中的酒冷了，心也跟着冷下去，一如这早春的清晨。

由此我猜此诗写于一个春寒料峭的早春，如果时值暖风熏得游人醉的盛春时节，这份寂寥又如何消受呢？正是因为窗外之天寒，故一行人才得以围炉共坐，借以取暖的不只是红泥小火炉，还有醒时同交欢的友人们。

窗外漏已三更，春寒未尽，但屋里是火热的。关于这一"暖"字，除了屋内的温暖，更有因为"传钩"的人彼此之间情意相投，所谓心有灵犀一点通者，故而感觉那酒喝来也是温暖的，所谓酒不醉人人自醉，故云"春酒暖"。

诗人把那次游戏写得很具体，众人分出小组，击鼓传花式地传递一只钩子，猜一猜这只钩子竟藏在谁的手心，猜错者饮酒一杯。如此简单的游戏规则，可能今天靠电子游戏取乐的小孩对之兴致全无。这烛影摇红的光晕中，众人传钩之乐太纯净，不像是真的。现代人哪有这样的心境？相约而聚，也不过是共处一桌说些不冷不淡的散话儿，消磨时间。心灵的粗糙与钝感，让现代人实在难以懂得"嗟余听鼓应官去，走马兰台类转蓬"的意犹未尽。

所以现代人很多不读古诗词，不是不读，而是因为不懂，他们的心境早已离那份诗意的生活太远。古诗词里写到这类游戏者，还有晏殊的一首《破阵子》。词云："巧笑东邻女伴,采桑径里逢迎。疑怪昨宵春梦好,元是今朝斗草赢。笑从双脸生。"也是轻轻浅浅的句子。一如词的开头:"燕子来时新社,梨花落后清明。池上碧苔三四点,叶底黄鹂一两声,日长飞絮轻。"一切事物都是这般纤柔的,娇嫩的,以至于读词的人不敢发出一丝声响,生怕惊扰这轻盈的春意。

下阕中便出现了人的形象,热闹了起来。一群采桑的女孩子,在途中相遇了。其中一个邻家女孩笑得很开心,她的女伴们猜她必定是早晨做了好梦,才如此欢喜。这女孩笑道:你们哪里知道,是今天早晨和姑娘们斗草,我赢了她们。

读到这里,读者自将会心一笑。这是一个多么纯真烂漫的姑娘。同时也悲哀地问自己:你上次如此简单的快乐是在什么时候?

晏殊词提到一种斗草的游戏,却与李商隐的写法是不同的,晏词全然是写意的,李商隐诗则是工笔细描。所以斗草究竟是如何个斗法,不得而知。这个游戏成为词中少女的一种欢喜,一种灵魂欢悦的点缀。因为它,一个青春的少女天真烂漫的形象跃然目前。

《红楼梦》里的斗草则是历历分明的。香菱和一群女孩子们在河边手执各色花卉，轮番说出各花各草的名字，答不上来者便算输，这便是斗草。罗汉松、君子竹、美人蕉……都是姑娘们手中的好物。今人看来该是那么稚气乏味的吧？我们生活在一个物质的世界，但有的人即使脚踩大地，他们的灵魂永远属于天空。

玉人儿

天气仍是炎热。这一阵，我意识到身体机能开始下降，尽量控制白天吹冷气的时间。不过这一来，吃饭时便常常汗流不止。每当一边吃饭一边用纸巾擦拭时，便容易想到《世说新语》里相似的场景，可作一笑。

作为美男子的何晏，皮肤白皙，面色如玉。魏帝怀疑他是敷了粉。夏月的某天，魏帝请何晏吃热汤饼，不多时何晏便出汗了。书中写他"以朱衣自拭，色转皎然。"，这是魏帝眼中的他，可知拭汗后的何晏更美艳了。书中以"美姿仪"形容这个精致的男子毫不为过。

《世说新语》中还写过其他男子的容止。虽然何晏的确有姣好的面容，但只需通过书中对各人描写时，其文字表达的差异，便可知中国人自古便有着一套高级的审美标准。

比如，书中写嵇康，言其"肃肃如松下风，高而徐引""萧萧肃肃，爽朗清举"，哪怕是喝醉了，其姿态也是"傀俄若玉山之将崩"。与何晏的"美姿仪"三字比起来，书中对嵇康全然是一种写意的诗性描绘，换而言之，便是只可意会不可言传。

我们看到的是一个高雅、清朗、不可亵渎的形象。至于他是高一点，或是矮一点，是肥是瘦，实在无关紧要。同样是"美"，何晏的美，便美得具体。嵇康也是美的，这美却是抽象的、丰富的、灵动的。

书中还有一个美男子，夏侯玄。书中写他"朗朗如日月之入怀"。其中有一个很"损"的画面，说毛曾与夏侯玄同坐，好比是"蒹葭倚玉树"。

这倒不是作者如今人之"外貌协会者"，他并没有具体描述毛曾何其丑，也不曾表明夏侯玄究竟有多美，但蒹葭与玉树之对比，又似乎把一切说尽了——夏侯玄仪态之弘雅，一望便知。

关于夏侯玄的"朗朗如日月之入怀"，还要多说几句。这仍然是一次意识流般的勾勒，毫无疑问的是，从中读到了一个明亮、清洁的形象,对这样美好的人,是不可有任何不洁的念头。

书中还以同样的方式写到了王戎——"眼灿灿如岩下电"。谁也不知王戎究竟是何面目,但我想,每逢看到身边那些目光干净、果决、充满能量的人,就仿佛是见到王戎了。

我们对一个人的记忆,最终凝集于一种感觉。明媚的、晦涩的;阔大的、逼仄的;舒适的,滞碍的……与对方的面貌实无多少关系。

当一个人足够美好时,由内而外散发的气质足够雅致灵动时,我们很难用言语去描绘他们的模样,语言在此时显得异常贫瘠。一如曹雪芹写众多红楼梦中人物,都可轻松完成一次素描。

在曹公的笔下,我们记住了"削肩细腰,长挑身材,鸭蛋脸面"的探春,"面若银盆,眼如水杏"的宝钗如在目前,连司棋的姊子,一个不起眼的下人,我们仍对她"高高的孤拐,大大的眼睛"印象深刻。

唯独对林黛玉的描绘,可谓是令曹雪芹颇费思量。最初提及林黛玉,曹公唯以"聪明清秀"四字形容,"聪明清秀"所指并非林黛玉的形容,而是对其心灵与气质的皴染。

哪怕是在宝黛初会时,对林黛玉的外貌描写"两弯似蹙非蹙胃烟眉,一双似泣非泣含露目,态生两靥之愁,娇袭一身之病"也仍是不确定的、迷蒙的、无法着相的。

是的,对于有着神仙一般轻灵品格的人,我们所能写下的是那么有限。既然佛有三十二种相、八十种随形好,孙悟空会七十二般变化,我们与对方的相交,为何一定要着眼于相呢?

一日似两日

朋友约我明天去弘法寺。想来确已很久未去，便欣然应允。

那年去弘法寺，她与我同行，仿佛是昨日事。那天日影斑驳，我们在半山腰的亭子里歇了一会儿。面前就是仙湖，湖面上的粼粼波光清晰可见。

相传本焕长老圆寂时，此湖异香缭绕，三日不曾断绝。"仙湖"之名，本应过于着相而不免有落俗之嫌，苏东坡便因"忆仙姿"不胜雅驯，遂将其易名为"如梦令"。

我因喜欢关于本焕圆寂传说里的清洁之气，似是个好兆头，故觉得"仙湖"之名极为得宜。

犹记得上山的那一路，我们说了好些话。两个不再稚气的人，竟仍时常解不开。我想，这或许正是我们相好的原因。彼此真诚相待,帮助对方看见情绪并及时修正。

那天一同上山的还有一对母子,男孩约莫上小学三四年级,学了不少诗。他与母亲玩飞花令。几回合下来,男孩说"自在飞花轻似梦",母亲答不上来。

我听了心里一惊。一个孩童如何知道这样的句子来?不禁回头看了他一眼,只觉从那单薄的身子里,生出一丝早慧的灵光。

这种外出于我而言是极为有限的。平日除了工作,很少出门。喂猫,看书,写字。年轻人喜好的娱乐方式皆无,但并不寂寞。

今日下午读到一首《丑奴儿》。抄录如下:

障泥油壁人归后,满院花阴。楼影沉沉,中有伤春一片心。闲穿绿树寻梅子,斜日笼明。团扇风轻,一径杨花不避人。

或许是从中看到了自己,读后很是快乐。

注释犹言此词是拟女子伤春之作,我并不以为然。词中分明是一种隐秘的欢喜,不足为外人道也。一场欢聚后,声色犬马归于沉寂。徒留这个女子独坐花园中,花朵都开放了,她的欢乐这才刚刚起了头。日光潋滟,楼影重重叠叠,她正属于这明灭的一分子。

阳光从树叶间斜穿而来,这真是一个清净澄明的小世界。

她并不感到落寞,反而因这份寂寥而欢喜。宋词有云"无事此静坐,一日似两日",女子此时正在独享这天上一日,人间十年的好时光。

她闲适地穿过这片馥郁的丛林,看看那枝头的青梅是否成熟,那青涩的梅子就是她自己。

如此寥落的午后,读到这样一首词,一时心旷神怡。

窗外已然黄昏。顿觉世间有种欢喜叫"华枝春满,天心月圆"。

当时明月

七点起床，打算独自去博物馆走走。天气凉爽。迎面走来扇蒲扇的老太太，结伴而行的学生，着短裤短衫，是夏日的人间。

排队等候，前面站着的是三个青年。陆陆续续有他们的朋友前来，挤在队伍前头，多是中年女子，还有老人。争论着某块出土的玉器，究竟是配饰还是武器。妇人据理力争，坚称那是防身的刀具。

一旁的人在讨论人类文明的发源。女人说，我记得有一个叫作古巴比伦的国家，这名字好听。

我是今天的第一批游客，入馆时人少，于是径直上二楼，参观史前文明、夏商时期出土的文物。史前文明留下的多是石器和陶制品。由此看到先人在适应与防备自然中,逐渐摸索。

粗硬的石头被打磨成球状,大小不一。最大的约莫体格壮硕的成年男子拳头般大小,是用以防身与打猎之物。后期便逐渐出现各类镞物,同样是用石头磨成箭头形,边缘往往圆棱粗糙,不比后期出现的青铜制箭镞,锋利尖锐。

陶制品主要是各类生活用具。借以一窥远古人类的生活。有盆、豆、壶、鬲等区别,形制各异。有的别致用心,砖红底色上,描绘着深黑花纹或简单几何形状,有粗糙的原始美意。此时生活器皿丰富,可见人类生活较之从前已趋于安定,终于从恐惧与时时警备中抽离出来,便着手描绘美。对美的寻觅与挽留,自古似是人类的天性。

镇馆之宝名为鸟尊。陈列在展厅中央显眼的位置。西周时期,用以祭祀宗庙。周身饰以祥文,线条流畅,富于变化。呈引颈往身后眺望的造型,非机械打造出鸟的形象。因了这一个动作,此鸟便有了一种内在渴望、情绪流动的生命力。这是工匠在抒情的创作。

大抵一切艺术皆是如此。外在的姿态,与内里的故事交相辉映。在这情与态的交互中生出无限来。

龙形觥,应是酒器。可见古人生活遍处皆有情意。除了各器物本身的使用价值,其对审美的追求永不止息。这一龙形的酒器,彰显着主人身份的尊贵、荣耀,最重要的是从中蕴藏着不可亵玩的秩序美。

每到一处博物馆,但凡目见唐制彩陶,总会有别样的喜悦。

无论人物或是动物,无一不有种飞动的欢乐。这应该与唐朝发自骨子的开放,及至沟通西域是分不开的。各人俑无论身份地位,士兵、马夫、乐工、女官……脸上的表现皆生动舒展。

即使是作为镇压与看护之用,而特制成怒目圆睁的表情,也能在某一个微妙的线条或色彩搭配中,体会出内在的喜庆。

瓷器中我最喜爱的,是南宋的青白釉折腰碗,在一众五色斑斓的瓷器中,仿佛一位恬静少言的少女。

她远远避开热络的人群,冷处偏佳。要有心人走近前来,细细观之,才可看见那几乎透明不见的,含蓄的美意。

一双鲤鱼,绵延错落的清波。

匆匆走过的人,不可发现这沉静的美。

美得仿佛一个秘密。

赠我双鲤鱼，中有尺素书。人世间多少真切，都是这样悄然隐秘的。

清朝的瓷器，除熟知的青花瓷，仍有缤纷绚丽的绘制。一只五彩百蝶穿花的盘子，仔细观之，还能看见梅花、菊花、莲这类全然中国式审美的花卉。

热闹，喜悦，万物簇拥在一起的欢乐。

清时的瓷器开始出现以纯色为主色的审美特点。薄柿、藕荷、苏芳香、紫苷……个个都是闻得到香气的好名字。

还有一组豇豆红的器物。人面桃花。清人根据色调之间细微的差异，在豇豆红中，又区分出不同，分别冠之雅致的好名字：美人醉、桃花片、娃娃脸、大红袍……

在无言无语的器物面前行走，时间消失，个人卑微的情绪在巨大岁月洪荒中，悄然隐去。

回归到最初的起点，你我这颗渺小的尘埃，又将在穿越千古的长风中，最终飘落何处呢？

一花亦真

处理完工作文件后,上午的时光已过大半。如今用眼过度,时常干涩、模糊、迎风流泪。只好走出办公室,在角落的空地处坐一会儿。我的座位是一个倒置的塑料花盆,长方形的,屈膝坐于其上,刚好适宜。

一旁散落着胶皮水管、纤维绳、从中截断的塑料瓶,沾着细沙与红土,中有飞蛾、蜂蝶的残骸。雨打花落,看几只咖啡色的蚂蚁爬过。

有时坐下来听歌。有时看各色云朵从屋角间飘走。栏杆上,绿植长势蓬勃。是美好寂静的时刻。静坐,思考,尽量洗净心中秽物。原谅他人。

手机里收藏着许多照片。器物、花朵、云、阅读时喜欢的一行诗。偶尔翻出来看一看,心能抵达很远的日子。仿佛在一处僻静的木屋下，穿堂风来，衣衫鼓鼓的，坐在竹床上吃西瓜。唯有自己的照片很少。

我的相册里珍藏着一切器物的图片。有些是老旧碗碟。皆为百姓人家寻常可见的，用以盛放蔬食。筷子碰着边沿，叮当作响。小时母亲说，吃饭时不可说话，故这种碗碟发出的声音，似一种森严里的乐章，闻之欣喜。

与宋瓷追求素净之美不同，彼时中国的民间是要热烈与飞动的。这些日常杯盘碗碟上多画以花草、龙凤、鱼等造型为饰。都有吉祥美好的寓意。然无论愿望何其炽热，色彩仍是素洁的。有时为喜庆特制，所选之物也唯以牡丹、凤凰之类为主，不再旁添他物。有节制的美。花丛中赫然一个方正的"囍"字。人也跟着神清气爽。

小时候家里曾有一模一样花色的碟子。彼时却不觉得它们是美的，功用大于审美。

如今的工艺多机制而成，规矩、整齐、板正，不容一丝差错。仿佛一朵假花插在花瓶里，不可摇曳。旧时器物上，或是画工一笔一笔描绘上的。每一个碗碟上的花鸟虫鱼，都成各自的姿势。方觉旧物之美。

我很喜欢一个矮边碟子,一尾小鱼在碟心中央,呈现出古拙的美意。长须与尾部的弧线之间,仿佛有清波之声。这碟子让我想起一句日本俳句:寂寞古池塘。

仲夏之梦

　　天刚微亮的清晨,我在湖边,行人皆无。同行者唯有父亲、母亲、外婆。一个粗布短衣的男人怀中抱着纸盒,口子敞开着,里面是一只小黑狗。很显然他欲弃之,我便从他手里接了过来。

　　湖边栽种一围柳树。枝条柔软,低垂湖面。倘若有风来,便是万条垂下绿丝绦的好意。

　　我们一行人前后走着,小黑狗跳出盒子,在身后紧紧相随。它抖擞了精神,快乐极了,粉色的舌尖、鼻头上皆是细密的汗珠,如一只嘣脆的橄榄,跳跃着跑向前。

　　这是端午午后的梦境。一个悠长、无言的梦境。

　　梦里是四五点的天光,满目蒙蒙的鹅黄色。这样的色泽,我曾在诗里遇见过。那是杨万里的诗。

天尚未亮，他送友人林子方启程。绕着净慈寺的湖边，一圈一圈地走着。日光从东边的山腰后透出来。逐渐看清了那一池荷叶、荷花，一大片一大片的。岸边垂柳如荡，天地清凉。

我想，在那个清晨，杨万里与林子方应不曾说离别时的豪言壮语，纵是日后相约，也未定下约期。彼此是静默的，一切都在心里，又何须什么深深浅浅的言说呢。所以杨万里这一组诗中，比起"接天莲叶无穷碧，映日荷花别样红"的炽热靓丽，我更爱这一首的清凉无色。

诗是这样写的："出得西湖月尚残，荷花荡里柳行间。红香世界清凉国，行了南山却北山。"一轮残月，比满满的月亮更衬托这离愁别恨，然而残缺中竟又是历历分明的美满。

的的确确是夏天了。一众作品中，唯有汪曾祺写的夏天，时常在我的心尖上浮现。他笔下的夏，竟是那样的浓郁，栀子花的白，鲜嫩到沾着露珠。白兰花则又是另一种白色，如象牙白玉，香气文静。还有珠兰、牵牛花、秋葵、苍耳。每一朵花，都是一个夏天。

这个夏天的午后，我做了一个清凉的好梦。也算是夏日一个纪念了。

叶里闻声

列车窗口望出去，绿油油的田园，四四方方种植着不同植物。远山低矮，丝毫不觉得自我渺小。与之自是一种亲近，白云也是唾手可得的。

是夏天了。欧阳修有一句"阒无人声，声在树间"于此景很是相宜，但他这时写的却是秋意。

我仿佛是养在笼中的鸟雀，看着这窗外广阔，几乎要飞扬起来。

乡间人家涉水而居，彼此保持间隔，如这般贴近地散落着。有的人家屋前有水塘。成群的水鸭静浮于其上，远远望去，像鹧鸪身上圆形的白点，真是活泼泼的一种生意。矮棚下坐着赤膊男子，谈笑着喝茶。团状的树冠低低地垂于水面上，连影子都无处藏身，缩成小小的一点。

多年前的夏天，坐在尼泊尔的车上，也是这样观望过窗外的田野。那里的绿仿佛更为浓郁，竟成了一片油亮的乌青色。三五只白色的鸟儿低飞，我当时想到漠漠水田飞白鹭的诗句来。中文里有些说不明的好意，总有无限的思想似的。

邻座的是老人。白发稀疏，鼻梁高挺，两颊布满黄豆大小的斑点，很认真地在微信群里抢红包，高举着手机给一旁同行的大娘看，狡黠地笑着。大娘在吃鸡蛋，说肚饿，吃一个鸡蛋便当饱了。老年人结伴出行，满是热闹与喜气，泼辣刺激的，认真而努力地释放能量。

时间在老人身上转了个弯。最初带来人世的那些天真与稚拙，在老年时期统统打回来。一个时代接着一个时代远去了，过日子原来是这般绝对的。走不快的老人，因循守旧地自娱自乐。

路上在读书。那作者写心爱的女子，克制而真诚，是看了忍不住掩卷幽思的好文字。他是真的看到了那个人，才能如此一路写下来。

初见时，他看到她生得那样高大，却一团稚气。他甚至当下并不喜欢她，只是怕伤害她。这种莫名的慈悲与怜惜，比爱更接近爱。

他直问她的生活费与稿费是否足够，来不及思想这是否唐突。他说，当着珍惜的人，只想要关心她的健康与生活。其他的一切说话都是节外生的枝。这是真的。

很多人读到书中的"一见钟情"，发笑地说，才刚认识哪里就那么快爱了，仿佛相处久了方能生出感情似的。有的人永远对书中所述冷眼旁观，竟不知有颠倒梦想。

有时遇见了一个人，一切世界皆起六种震动。那种心惊是追魂摄魄的，然而外表却只是端然，相敬如宾。《西游记》里卷帘大将打翻了琉璃盏，他因而下凡成了流沙河的妖怪，继而得唐僧度化，一路西天取经，回到了天上修得八宝金身罗汉。一环扣着一环。

人世间很多的缠缚都是这样的天意难违。

你在船头捞月亮

从他人身上时常看见自己。书里诸多道理,在寻常日子中逐一示现。

桥洞处,妇人着清洁工人制服。蹲着清理青石板路上的胶纸,捡拾弃物。身躯缩成小小的一点,皱纹淹没眼睛。过于黝黑的肤色完整吞噬她。道旁植物一般,她静止成一朵无名花。

我与她并无二致,命运之手随意播撒下的种子。我们在辽阔的土壤上开花,结各自的果子,继而老去,死掉。无人知晓。

负责办公室清扫的,也是一位年迈妇人。短发,瘦小,腰板挺得直,走路轻盈快速。她时常坐在五楼的楼梯处,深埋着头。身子下垫一张硬纸板坐着。有时身旁放着一个水杯,有时没有。

走廊外花栏里种着不知名的植物,嫩绿的,阳光好的时候像是透明的,放着光。枝条细长柔软,被人细心系在栏干上,以攀缘而长。

妇人的湿毛巾摊开晾在枝丫上,脱开的线头小心翼翼地挺立,如白浪里撑着的帆。有时一旁仍有她的素色麻质薄衣衫。某日下班,办公室唯有我与她。她用客家口音问我,这电灯开关如何把灯关上。我说,开灯按这个,关灯按这个。她试了试,果然满屋的灯,在她的手指尖忽明忽暗。

她笑了。我第一次见她笑。笑容的倒影里,有她初为小姑娘时的俏模样。她说,这和我家里的不一样。

是不一样了。

小时奶奶家灶台旁,那盏暗到发红的小灯。拉一拉绳子,咔嗒一声,便熄灭了。

上帝当初也是如此。在云端用指尖轻轻一点,人间便有了光。这卑微的一生,竟有这样的一刻,她经验着上帝的奇迹。我亲临着这奇迹。她就是上帝。

我们紧密地在这人间擦肩而行,隐名埋姓。火燃尽后,留下开灯、关灯这一颗舍利。时光来复去,人生路远,我们一直都在会面。

争渡争渡

　　开辟了一个新的午休散步场所，沿着小山坡一路走下去，便可走到这块湿地。目前应该正处于半开掘状态，知道的人还不很多，近乎原生态。植物浓郁，杂草丛生，空气里弥散的满是泥土发酵的气味。动物们也多，奇异的小昆虫，翩翩飞舞的蝴蝶，在枝头跳跃欢腾的鸟雀，把窝高高筑在树枝间。活泼泼的一个世外桃源。

　　昨天去散步时，看到一棵木棉树上悬着圆溜溜的果子。有的已经鼓胀开了，露出里面丝丝缕缕的白棉花。小鱼说，它们可以用来做枕头。沿着红色的木质廊桥走，咚咚咚踏在上面真是很欢乐的感觉。栏杆上一只黑色的大蚂蚁，忙忙碌碌地路过。还有很多叫不出名字的小爬虫，悠闲地停下来晒太阳。

一只三花猫发现了我们，蹲踞在滴水观音硕大的叶子下。它显然很是紧张，本要一闪而过躲进树林里去的，一回头这群人类竟早已走近身来。它真是退也不是进也不是，干脆停下来，听天由命好了。我们停下来问它，咪咪，中午找到好吃的了吗？还是饿着肚子呀？它瞪着一双绿宝石似的眼睛，看看这个又看看那个。

三花猫是猫界的美人坯子。的确是美啊，油亮发光的彩色花纹让它活脱脱一个复古摩登美人儿。三花小姐喵鸣一声，几乎是酥到骨子里的，跃到水泥坡顶上跑远了。

茜茜问，这种野猫会挠人的吧？小鱼说，野猫有攻击性很好啊，说明它们会保护自己。梅梅说，野猫吃什么呢？我说，饱一顿饿一顿的吧。

我们停下来趴在栏杆上。眼前是一个小水塘，高高低低的水生植物。唯一认得出的是睡莲。圆圆的小叶子，薄薄的一层荡漾在水面上，可爱极了。只是没有看到花开。水也清澈，一圈圈的小波纹宕开去，便知其中有许多小鱼和小虾。

忽地一只大鸟飞了起来，水中植物因它的大翅膀拨动哗然有声。大鸟伸展着结实的身骨与翅膀，贴着水面低低地飞着。它的一双翅膀大而静止,滑动一次便能飞行很远很远。大鸟有着蓝绿相间的羽毛,美丽到不像是真的。仿佛前几日宫崎骏电影《你想活出怎样的人生》里的那只大鸟,闯入了这个人间世界。它们真的是那么的相似啊!

我们猜那应该是一只鹭鸟,不过谁也不敢确认。大鸟飞走了,高高地在头顶的天空盘旋了一圈,飞往远处的山林去了。我挥手朝它大声喊着:"嗨—再—见—啊!"心里无名的感动与惆怅。想起有一次站在阳台上,虽是夏天了那风却是清凉的,夏天的早晨原来可以这样的又冷又白。没有内容地俯瞰眼前这个世界,想到有人那么切切地存在着,觉得是那么的不真实,又是那么的真实。

多想能再见到它啊!

有一年中秋夜,想起《红楼梦》中这个日子里,林黛玉和史湘云在凹晶馆的亭子里联诗。天空中一轮好大好亮的月亮。一只大仙鹤扑棱棱飞了起来,滑过满满的一池荷叶荷花。史湘云当下有了一句最好的诗:寒潭渡鹤影。林黛玉也不甘落后,接着对上一句:冷月葬花魂。今天我这样平平无奇地走在水边,也是走进了那一句诗里去了。真是争渡争渡,误入藕花深处。

一切似真似幻。像李商隐的诗:水仙欲上鲤鱼去,一夜芙蕖红泪多。我觉得人生真是好短暂好短暂。

风之语

周末在徐州，我住的酒店位于云龙湖畔。司机沿着湖西路开，指着窗外说，这湖啊，好比是杭州的西湖，面积差不多，也分作东西两湖。放眼望去环湖道上树木葱郁，云龙湖水浩荡，目之所及开阔如在海边，人变得很小。

想到刘邦与项羽皆是徐州人，一时间感到与他们的距离拉近了。曾经在书里读到，项羽是人人可识得的英雄，懂得刘邦，却首先要自己的人与刘邦是一样的大。当下便感到心胸狭隘的羞愧。只因我此前所见唯有项羽的怜惜宝马与美人，虞姬虞姬奈若何，真是永远解不开的怅惘。项羽的英雄末路，竟与寻常百姓的爱恨是那么近，他狼狈到是一个破碎的邻家少年郎。

刘邦则是更高更大的，也注定是更远的。大风起兮云飞扬,这时刘邦心里就是如此壮阔,寻常百姓人家的愿望只求把来薪火试新茶,便已是现世的安稳了。刘邦心里有的是一个家天下的大志。

如今身在徐州,当着这承平之世,感叹浪花淘尽英雄的岁月无情。问司机,此地距沛县有多远。司机说尚有七十余公里。威加海内的刘邦,却已让眼前的徐州是那沧海桑田里的徐州了。万古长空,有时也可以短暂得只是一朝风月。

趁天色尚未全黑,沿着云龙湖畔走了一小圈。姹紫嫣红开遍,真是很深的春天了。英国梨尚未完全盛放,树枝上唯有星星点点的绿芽儿。虽然枝丫上长出了白色花苞,仍是细细的一团,不近前去绝不能辨别出它们的模样,更不可相信有朝一日也是烂漫的千树万树梨花开。

一旁的樱花树则开得滥滟极了,团团的粉色花球密密挤在一处。何谓花团锦簇,这便是了。曾经有人说,杜甫诗"晓看红湿处,花重锦官城"写得妙,因为把花朵的重量都写出来了,我却始终无法因花朵有重量,便觉得可以是美的。若要说花的这份切实感,我更喜欢"黄四娘家花满蹊,千朵万朵压枝低",所谓花的分量,是如此百转千回地写就。

回到房间，推开白色乳胶收边的玻璃门是一个阳台，摆放着法式田园的玻璃茶几，两张靠背椅子，都是小小的。面前苍翠馥郁的山岭清晰可见，近在眼前，又似乎是很远很远的，只因感到整个人变得很小。鸟声啼鸣不绝，凄厉，一声高过一声，却只闻其声不知藏匿何处。鸟鸣山更幽，人成了幽寂的一部分。

偶有一只灰扑扑的大鸟划过天际，让人心里一惊。《诗经》里说"黄鸟于飞，集于灌木，其鸣喈喈"。如今想来真是有一股泼辣的喜气，平地一声惊雷，仿佛一声天机道破。又是禅宗里的当头一棒，"咄！"一切所思所想都一时间截住了。

通电后，电视机自动打开了。播报着战事，一个令离群索居的我感到陌生的世界。几乎不看电视，如今听到电视里的人声简直感到新鲜。也不去管它，收拾行李，洗漱，在房间走来走去，像小时候一家人热热闹闹地过着日子。

躺在床上想要看书时便不行了，感到心被牵扯卷入。此情此景，与置身闹市是不同的。人群是一个虚幻的背景，只要自我心念足够，在人群中反而更易于觉知自己。

清晰地看见自己是如何在人海茫茫里行与止。幽闭房间里打开电视，内容变得具体而沉重，精准地投射在自己身上，整个身心乱且无序。如坠入颠倒梦想。

避免电视与手机里的各类信息干扰，让精神世界在成长中始终不失寂静的素质。它得以向内生长。对俗世的欢乐没有兴趣，物欲很少，精神自足到时常感觉幸福。或许是因为书中及现实世界里遇到了与自己能量同质的人可交流。觉得满足及安适，人生圆满，夫复何求？

曾与老师聊起书中的人。他说，一个人看似能左右自己的命运，其实哪里能够呢？没有那么大的能量啊。即使是那些看似随心所欲不逾矩的智者，在他们的生命之上仍有一个更大的东西，更深的缘在左右一切。所以菩萨低眉，都是慈悲。这让我当下想明白了许多此前对书中人物无解的命题。心的边界又一次扩大了，心应该是永远无限的容器。

很多对人生的误会，都是因为心量的有限。这一生要做的功课实在太多。百啭无人能解，因风吹过蔷薇。多少人的一生，都是那一阵风吹过去了。

桥边红药生

雨天出行不便,于读书却是最适宜的。深圳很久不曾下过雨,昨夜起风雨大作,早晨走在路上通体清凉,人也跟着爽朗起来。

如今工作在山间,随时听得到风吹松涛,鸟儿啼啁。阴雨天云雾氤氲,远远望见云雾缭绕的山尖,画一般的美感。有时独立天井处远远望去,想那云烟深处有个背着竹筐的小沙弥攀折采药引,师父在禅房里煮茶。和尚眼角堆满皱纹,像一条当日淌过的曲折小溪。

今日闲下来时,读到李白的一首《结袜子》,这是乐府所用周文王的典故。文王讨伐崇侯虎,袜子松散,他弯腰自己系好。身居高位的人,是不可亲自做结袜子这类事的,文王如此,足见其有礼有节的自我修为。

古人的心总是细腻如斯的，挥手间扇动着诸多机锋与礼仪，当然也唯有有心人得之。

其诗云："燕南壮士吴门豪，筑中置铅鱼隐刀。感君恩重许君命，太山一掷轻鸿毛。"仿佛是李白诗一贯的气干云霄之势，"感君恩重许君命"一句却又情意分明。李白仰天大笑的形象并非他的全部，如《忆秦娥》那般婉转的句子同样出自这颗丰富的心灵。

自古面对知己者，掏心掏肺都嫌不够，为之奉献一己生命仿佛才算是"死得其所"了。知己之间的交付，竟是要如此绝对的。李白此诗便写到两对知己，一为荆轲与高渐离，一为公子光与专诸。

"燕南壮士"即高渐离，"吴门豪"则指专诸。统一六国后的秦王，虽然免高渐离一死，但毕竟令其两眼全盲，秦王命高渐离为自己击筑，高渐离这般风骨的侠客是注定要做烈士的，他如何忍得为他人助乐？高渐离在筑中暗自藏着铅，准备趁秦王不备夺其性命。事实是他失败了，被刺杀丧命。

这个故事充满着壮烈的美感，有种赴死本身便是一种辽阔与远意，以至于无论当时当地还是今时今日观之，始终看不清，却甘愿沉迷于那一片朦胧的玄妙中。——多少人甘愿偷生，并不知接下来要为什么而活。

专诸是春秋时人。一如信陵君待侯嬴，吴国公子光赏识专诸而厚待他，公子光命专诸刺杀吴王僚。面对这个注定有去无回的任务，专诸欣然受命，最终以自己的性命换得了公子光的王位。

与高渐离的故事一样，专诸的赴死仍旧是"士为知己者死"的孤绝之美。这种在面对知己时，视一己生命为草芥的行为，不是谁人都能理解的。或许，当遇到知己者，生命的真相才最终浮现，一如生命到了一个时刻，诸神退位。

需要一种质朴的心地，方能与这样激烈锋芒的感情相应。

世人似乎多能理解"士为知己者死，女为悦己者容"之意，细想来，多的是对此语的矮化与误解——似乎唯有前半句言知己之义，后句则狭隘到男女欢爱了。

深刻与不渝的爱，必定是彼此的相知。一如胡兰成所说"相知则可如新"。"汝怜我色"的所谓爱情注定是短暂的，又有何人能逃脱出花辞树的无可奈何？唯有"汝爱我心"，才可虽百千万劫，始终如新常在。

《红楼梦》里纵使写尽贾宝玉与林黛玉之间无可如何的憾事，谁又能真正体验过两颗心灵紧密地贴近呢？二者间之所以有着他人永远无法逾越的壁垒，便在于他们彼此懂得、体贴，远非流连于如花美眷的清欢。

宋真宗与刘皇后也是如此。刘娥出身寒微，真宗欲立其为后，此举招致反对声如潮而至，然而真宗仍然顶住阻力，坚持立刘娥为后。

只因一众朝臣看这个女人，皆以制度、礼仪为纲，唯有真宗看到了刘娥这一个鲜活的生命个体。——他是懂得她的，刘氏虽有着寒微的身世，然而其聪慧灵秀，懂得真宗心之所想，这一切在规章制度面前，又何足为惧？以来是故，当时刘娥虽然早已青春不再，是一个四十三岁的女子，真宗仍排除万难对她如此爱护。

感君恩重许君命，太山一掷轻鸿毛。当有一日遇到真正懂得自己的那个人，才会懂得这些古人诗句诚不我欺。不必问，这些心甘情愿源自何处。

只可自怡悦，不堪持赠君。

陌生人

数年前，偶然的一次机缘巧合，读到一本喜欢的书。文字质朴怡人，阅读时能看到文字背后那个朦胧的写字人。书页里有作者的公众号，其间收录着此君早期创作的寥寥几篇文章，但已呈现出其几乎透明的心灵轮廓。

书目众多的当下时代，真正有静气的文字不多。我深知这种遇见的可贵，便想了解作者的更多消息。网络上关于此君的新闻很少，唯一的一则新闻是当时为此书开了个类似于读者见面会的小型沙龙，引起了媒体关注。

采访视频里，才知那是一个青涩的年轻作者，眼神干净，面对镜头有无法藏掖的不安。他真实地介绍自己，在一座慢节奏的老城如无数普通人一样，过着几点一线的生活。一个不常有人光顾的植物园，是他工作的地点。工作闲暇之余,读书、写故事、看着天上的云发呆。

是这一种难得的闲散,最终赋予他笔下文字的静气。难怪他的故事里与自然相亲,毫无刻意为之的匠气,竹子是竹子,流水是流水,云是云,鸟语是鸟语。一切仿佛本来便是以那样的秩序诉说着。文字疏落间有泥土与松叶的芳香。

并不担心此君会因一时流量的席卷而迷失。是那一双清澈的眼睛,以及面对镜头腼腆地低下头的刹那令我做出判断。对于一个写作者来说,炽盛的外界关注以及声名是致命的。他则保持清醒、理智。

至今,他仍然隐身般藏于人海,不曾借一时的流量幻光将自己暴露在外。对这份干净的坚守,便多了几分敬畏。要对自己的心始终呵护如一,需要大智慧与大勇气。

今日此君公众号有了一年来第一次更新。文字仍然是一贯的风格,自在飞花轻似梦,又不失历史的沉淀与人物风骨。清净中生出一丝畅然,甘之如饴。

得知他近日在读诗,因一个早已消逝于时光长河里的诗人,独自去了诗人生前的故园。那是在江南寒潮尚未退尽的春日。在那清醒的湿寒中,他一同想起的还有李白与杜甫。一如张岱湖心亭赏雪归来后的感叹，都云相公痴，不知更有痴似相公者。这份痴，千古如一，独属于每一个心中深藏诗意的人。

近年来，心中时常生起"几时归去，做个闲人"的渴望。多少次，在梦中莳花种草，孤独时看看月亮。真希望这样的梦，能早日圆满。

香香

同事的猫要送人。我帮它找了一个新主人，是我为数不多的朋友左左。她一家昨夜刚从上海度假回来，希望我第二天再把猫送过去，我因而拥有了与它共度一天一夜的时光。

在这之前，它被送给了另外一个主人。这只猫作为后来者，与主人家原有的两只猫总打架，所以主人只好把它锁在卫生间。这样的"前车之鉴"，让我一开始也如法炮制——把它锁在洗手间里，因为家里也有一只胆小如鼠的小白猫。

它是一只两岁多的公猫，体格健硕，力气很大，却有一个女孩子的名字，叫香香。可见主人对它的宠爱。它被关在洗手间后，声嘶力竭地哀嚎着，并站起来用两只粗大前爪把门捶得当当响。我惊异于一只猫居然有如此爆发力。

我只好把它放出来，一怕扰民，二来有些于心不忍——谁愿被囚禁在小黑屋呢！

被放出来后，它很快安静下来。倒也不记仇，什么事都不曾发生过似的开始在家里巡逻。它在我眼前溜达时，我这才第一次看清了它：是一只长得皮实的布偶猫，毛蓬松着仿佛一只小白狮子。性格如它的主人所说，社牛。

它时不时往我身上蹭蹭，在家里溜达来溜达去的，对任何角落都充满好奇。一个玻璃茶盅，它一双蓝眼睛能盯着看好久。除了书房我怕它不小心冲撞到，没让它进去外，其余各个房间都满足了它膨胀的好奇心，它也果真巡视了一番。

夜里它在客厅里睡得很好。我给它留了一盏灯。它在温暖的灯下趴着睡去。虽然猫在夜里的视力是很好的，可我还是觉得，一只猫独自度过漫漫长夜，应该有人为它点一盏灯。

不知怎的，那天夜里我起来好多次，悄悄打开房门窥探它的动静。我以为它换了新环境会不习惯，事实证明我想多了，它正安安稳稳地蜷缩在沙发上，像一个蒲团。

我走到它身旁坐下，它醒来了，翻转着身子，伸了一个长长的懒腰。我对它说：明天你要回家了，要做一只乖猫噢。它一直在舔自己的毛，尽管我知道自己在对猫弹琴，可仍旧絮叨着。临行密密缝，意恐迟迟归，我甚至觉得自己有了慈母的光辉，有种送儿上路的惆怅。

不知是哪根神经被刺到了，说着说着便鼻头一酸，当意识到它是一只猫后，我毫不遮掩自己的情绪索性哭了起来。那一夜，我和这只与自己只有一天缘分的猫说了好多话。我会去看你的。去到新家不要咬人（它容易兴奋，喜欢用牙齿咬人的手臂），人家会害怕你的……诸如此类。说得最多的是，你要听话——我特别希望它能听话，只有乖巧，它才能讨好新的主人，这样便不会再被送走了。

这短暂的一天，我与它竟产生了无以言说的很深的感情。

天亮了，我把它的全部家当收拾好。一个帆布箱子，里面盛放着两只工地工人常用的那种铝盆，一个银色，一个黄色，掉了漆，漏出黑黑的底子；一根半旧不新的逗猫棒、一个打开开关会发蓝光的球，一个塑料盒里放着几包猫粮。这是这只猫在这个世界上所有的"私猫物品"。

为了防止我那该死的敏感神经又趋于脆弱，我分散着自己的注意力，帮它把两个盆子用清水洗净、擦拭，把猫砂清除，这也是我能为它所做的全部了。收拾好这些后，就带着它出门了。

像一天前接它来时的那样，它在小包里，小包扣在副驾上。窗外的天空碧蓝如洗，仿佛有好事会发生的，谁又知道这澄澈里酝酿着离别呢。它一直呜咽着，情绪低落。我说，不哭了，你要回家了啊，要快乐啊。

途中错过了一个路口。令原本短暂的车程多出十来分钟。第一次因为走错路感到隐隐的快乐。在一个刹那，我想这份快乐源自自己的贪欲——我想自私地占有它。人啊，是如此无明而猥琐的动物。

窗外的好天气一时间又成了背景板，上面赫然闪耀着：日光底下，并无新事。是的，人一直就是这般深受欲望折磨的动物，折磨自己，也折磨他人。

左左在路口等我。她扛着猫的家当，我背着猫包。朋友一眼看到我手卜还新鲜的渗着血的印子，那是今天早上留下的。我说，早上抓它进猫包，它不愿意，抓了我一道。我极力轻描淡写地敷衍过去，心里生怕左左因此怕这只猫，又反悔了。一路我的说话变得小心翼翼，我告诉自己，不要在最后关头掉链子啊。

左左笑着说，这是爱的印记啊。是啊，谁说不是呢。进了家门，我拉开猫包的拉链，迫不及待让猫出来活动。它个头那么大，蜷缩在这小包里，估计这一路够它受的了。

它抖擞了一下身上的毛，很快开始了对新家的探索。

左左是第一次接触猫，很显然她被这毛茸茸的小东西迷住了。看着她兴奋、喜悦的模样，我心里的石头才算是落了地。

虽然与这只猫才接触了短短的一天，但在左左家里，显然它更信任我，仿佛我们认识了很久似的。我叫它，过来，这里是你的水盆。它就跑过来，低头舔水盆里的水。我往那斑驳的铝合金盆子里倒了一些清水，点点锈渍在水波中摇摇晃晃。我在心里发誓，要记得给它买一个好看的水盆——它是个值得被爱的小男孩啊！

在左左家待了一天。除了与她很久没见外，也是想看看猫在新家的状况。它表现很好：平静、乖巧，累了就躲在床底下枕着鞋盒睡着。

走的时候,我对它说,我走了。要乖歈。我会来看你的。

回去的时候,夕阳下山了。城市突然变得温柔起来,同时也有些落寞。副驾驶上有一团浅灰色的猫毛,我在指尖揉了揉,塞进口袋里。那是它留给我的小礼物吧。

我知道自己如今早已不是想哭就哭,想笑就笑的小女孩了。白天我努力学习做一个情绪稳定的大人。在成年人的世界里,生涩而蹩脚地周旋着。尽管努力了,仍然饰演不好成年人的角色,或者这辈子我就是这样一个失败的大人了。

但那翻腾的小情绪啊,爱啊,感动啊……各种,还是在一个人的时候,如浪花般拍打着我。一遍又一遍,一遍又一遍。

我告诉自己,它会有好的生活的。那是有爱的一家,他们会爱它的。它值得这世上的爱。童话故事里,夜莺对男孩说:"要快乐啊!"是啊,爱不就是愿对方快乐吗!

请一定要快乐啊!

心本自足

周末多是在奔波中度过,这个周末难得闲下来。假期第一日,天未亮便起床。打扫,喂养小猫。窗外有鸟的啼鸣。

最近在读《传习录》。书中说,一天便是一个轮回。清晨最是爽朗的,身心透明。仿佛一个清理了污秽的容器。可以心平静气迎接新的一天。

昨日见了朋友。她着橙底白花的裙子,在人群中等我。她说,打扮得漂漂亮亮,是为了要见你呀。我们聊彼此近况,深入到人生、成长这类问题。这正是用功的时刻,因为保持敞开与真实,能量在彼此之间自如流动。

她说,很少见你发动态。我说,没有必须分享给他人的情绪。有的心灵,需要靠外界的声音来填补,有的可以自足。

她说,总有想要倾诉的时刻。我说,是的,但可与之倾诉的人,必不在群体里。可以直接找到那一个人,如两颗质子的相遇。无须在公众平台中情绪泛滥,如果这颗心已自具足。

生活中,有的对话在当下接应即可,有的对话要反复回味、提炼、萃取精髓。

昨日单位组织观看电影。疫情这些年,很难再去电影院。暗黑的空间里,面对影片讲述的故事,各人因心境、涵养、自我观照的能力各异,所获不同。

一个荒僻的山村,各界力量协同开凿出一条公路。正板的故事,迎合"人定胜天"的主流价值。一直关注影片中各色人物的脸,仿佛观众生相。村民脸上有别样的真实,喜与惧怕,皆如实显露,毫不修饰。是近乎天然的、野性的美。

最贫困的老人卖掉唯一的牲口,将所得八百元捐出来修路。不可质疑其真实性。世间人中,有的心性单纯质朴到不像真的。

然而,那往往是真。观影回来的路上,诸多意义在心中隐现，无法一一诉尽。

去影院的路上，花店里老板娘正在修剪花枝。各色花朵错落有致，安插于容器中。翠色枝丫在清水里历历分明。静止中看得到生命能量在汲取，输送，绽放。

芍药与牡丹还没开放，花苞圆润。大概还要几天才可开花。想观影回来时买些插瓶，最后忘记了。

出版社寄来书稿，须假日完成校对。如今无法久坐，进展缓慢。上午校对部分，下午起来走走，出去把芍药买回来。

众生

夜里腰椎隐痛，早晨起来行走艰难。类似的情况两年前出现过一次。预约了医生，下午四点半到五点的时间段。提前到达医院。各诊室门口的长椅上，坐满了等待叫号的人。

这时候最适合观察众生相。奇妙的体验。不同的脸庞、眼神、行走的姿势，无一不映衬出背后的灵魂。

一个男子腿部大面积烫伤。女人搀扶他坐在后一排。两排座椅之间空间狭窄，腿脚伸展不开，女子粗鲁地将前排的椅子往前挪。我只得起身。男子一脸抱歉地指了指自己的腿说，不好意思，不方便。他的眼中能看到他人。

排队在机器上取光片及检测报告。排在前面的是打扮入时的年轻女孩。一位妇人拎着大小物件赶来，对女孩说,能不能教教我怎么取报告呀?看得出,她很着急。智能化的今天,处处靠二维码便能完成各项工作,老人连出行都成了问题。

女孩瞥了她一眼,说,我不知道。

我教她把二维码对准那个闪光点。她接二连三道谢。有时我们帮助他人,潜意识里是希望自家的老人也能得到关怀。分别心过重,我们很难真正体验愉悦。付出过的冷漠、暴烈、无知最终会回到自己身上。

我们都是为了这具逐渐老去的肉身奔波的人。意识到这一点,会比较容易在他人身上看到自己。

最近对清史感兴趣。读了一些书。在微信里和几个朋友讨论。惊异于各人心中的认知与判断竟是如此不同。意识到自己对雍正的误解,源自阅读视域的狭隘。果然,人们只能看到他们想看到的。

还是应尽量保持客观。

古籍出版社的编辑寄来《红楼入梦来》,希望我能签字后寄回给他个人存留。喜欢无论何种年龄,始终保持谦虚的人。

盯着手机视频的小林,突然对我说,恋恋,我的儿子好可爱啊！像一只小狗一样。

我因此知道她真的爱他。

腰痛提醒我尽可能多步行。途中看到紫荆花开了。一大片一大片的，是春天啊。

船

小猫生病了，带它去看医生。

远处驶来的出租车，仿佛一艘带我与它去往彼岸的船。司机是中年男子，声音粗犷，从后视镜里看到后座的我们。我让他在斑马线停下，他说，我去前面掉个头。这个小家伙很重吧？

医生把它从包里抱出来。看得出它的紧张，畏畏缩缩，四周张望。医生说，它应该很少出门，才这么紧张的。

它从未出过门。有时我抱着它在窗前，告诉它那是太阳、月亮、树、花、孩子……在医院里，突然感到我与它之间的缘分如此紧密。

抱它上二楼抽血，检查肛门。医生提醒说，通常动物做这类检查时会剧烈挣扎。它戴着头罩，眼睛看向某处，仿佛入定后的人长久凝视远方。有时转回来看向我。透亮清澈的蓝眼睛。

它出奇安静。

坐在走道上等待检测结果，医生说大约需二十分钟。它蜷缩着身子在猫包里，吐着舌头呵气，濡湿红润的一小片。这是它紧张时的模样。

上一次看见它如此紧张，是来家里的第一个晚上。当时它五个月，很瘦，几日后掉了一颗乳牙。

前来看病的多是小狗。等待的过程中，一只比熊和一只泰迪来过。还有一只大型犬在远处，叫不出名字，很高大，兴奋地往主人身上扑。

比熊非常活跃，是一只小白狗。来过身边几次，胖墩墩地扭动身子，热情地靠近陌生人。

面前的铁笼里，一只生病的狗瘫软着。嘴角有白沫，眼珠昏蒙。一切生命最终是要走向枯竭的。转过身子，不再看它。他人的狼狈、不堪、崩溃不可直视。仿佛面对圣物，不可存浅薄的猎奇心而去窥测。这是最初的敬畏心。

动物的世界与小孩的世界无异。甚至更为清澈、简单。彼此之间像玻璃弹珠的碰撞，清脆敞亮。小白狗抬着头,舔了舔我的手。

检查报告显示各项指标都正常,肠道有些轻微的球菌感染。回来后,小猫趴在椅子上睡着。情绪很低落。平日的玩具球也不碰了,眼看着它滚到角落。

情绪总归是水的属性。会泛滥,涨退,平息。

自从有了小猫,我体验着更为细致地对一个生命付出爱。如果能激发我们更深刻的内在诸多因素,让其得以释放与流转,这样的存在是拥有巨大能量的。

与自己产生深度联结的人和物在这一生不会太多。一旦出现,应该意识到这是累世所结下的因果,要珍惜。

回去，再回去

有时专注地写字，连续几小时无止无休。心自在而舒展。回到现实中，处理各类文件，与人交流工作。心中恍惚，不知哪一部分属于梦境。专注时，烦恼的通道关闭。

比起年轻时棱角分明的心，如今发觉有一部分自己正在松动。这是心的容量在逐渐扩大，自我在生长。平日无法觉察这些心性的增减，就像影子需要凭借媒介才能最终示现。我们需要借助一些外部因素来看见自己，那些激起愤怒等负面情绪的人，也属于这类因素，应感恩他们的出现。

人应该学习向内看到自己。而非仅仅停留于概念。

多年前和同事外出开会。她看到我手中一本写给小孩的关于生死之书。她说，绝不给女儿看这类书。她自己也不看。觉得让自己接触这一话题无异于自我摧残。每个人都活在自身的局限里。有时，逃避是一类人的自我保护。

对死亡的认知不应该以身份与年龄为界。再小的个体也应学习，越早越好。

更深的交流来自灵魂的交融。

我喜欢在光线很暗的房间里坐着，仿佛投身深幽的大海。无论窗外车如流水马如龙，全身心地沉入自己的海。这时是离自己最近的时刻。

经历的事件都具有另一种更深的意蕴。很多次的内在开阔与喜悦，都是在这样的静坐中完成。

一见钟情是有的，但世人提及时太过轻佻。很多的究竟智慧，都被大众调侃时假以的概念消耗掉。同频率的心，站在面前时，彼此相认即刻完成。像种子找到了合适的土壤，萌芽与生长的速度极快。无须千万遍地试炼，眼前的人是或者不是，刹那间判断。

面对爱要勇敢。像从火堆里取出一颗珍珠。

朋友发来一些照片。历代壁画被微缩成了照片，也仍然惊艳。更喜欢看魏晋时期的造像，古拙，有种磅礴的野性美。从一段纤细的线条，能看到轻柔之风。

对方选择用什么样的话题与你交流，是因为你的这个面向在她面前呈现过。了解一个人，可以通过她与之交往的朋友。全心全意地投入，去爱人、理解人。

我与她相识并不长时间。她信任我，向我倾吐内心最隐秘的痛。我们不能为他人做出选择，但我们可以倾听。当他人情绪泛滥时，我们可以成为容器，或者庙宇。

她发来微信说："谢谢你，谢谢你的倾听。谢谢你点亮的一盏灯。我又充满力量了。原来人生压倒你的是一根稻草，救赎你的是一点微光。"

"我愿是那微光。"

要做他人的灯，并悦纳灯尽油枯的时候。

已经很少倾吐。不知偶尔的情绪是如何最终被稀释，总之大多数时候是平静与沉入的。可能与长时间独处、书写、静坐有关系。

有时我们听到有时我们看见

喜欢三言两语之后,便能及时作出回应的人。内在的聪慧已在这种细节中示现,实在无须花长时间去了解一个人。那些热衷表达并用力展露聪明的人,其实平时用心做的功课非常有限。智慧与聪明并不等同。后者往往愿意多说话。智慧让人丰富而沉默。

她是我在这座城市为数不多的朋友。年轻的时候,觉得女孩子要漂亮。如今更喜欢她这样的人,快四十岁了,眼神干净,时常反思,懂得倾听与珍惜友谊。这样的女性很美。

她说,没有快乐,看不到意义,当下死去也没有遗憾。我不回答,但发自内心替她高兴。这正是她向内回溯,寻找自己的开始。哪怕此刻悲观无措。蛋壳由内而外打破需要历经阵痛。

心性洁净安宁的人，直觉往往是可靠的。甚至这类人认识事物靠的都是直觉。他们更为通透，真相近在眼前时，往往更能认出真相。

这类人在世俗生活中大多显得稚拙，对人情世故颇为生疏。那是长时间关注性灵生长多过关心现世所致。应懂得各人自有道路，这是理解与尊重他人的开始。人只能靠自己，成为某一类人。

要维持自洁的信心。

甘于忍受、等待、受挫，甚至持久地待在暗处。

对充满戾气、怨念的人应该持有更多的宽容与悲心。真相近在眼前仍然无明麻木的人，是始终夜行的航船。他们的恐惧并不是对他人，而是投向自己。

尽可能地去理解与爱他人，为他人点灯。

应该勇敢地观照、理解、投入人生受挫的时刻，并使其成为自己生命的一部分。那是真正功课的开始。一旦意识到生命短暂后，便不会再浪费与虚掷时间。

近来爱读日本文学，特别是川端康成那个时代的作品。语言中有淳朴与单纯的质地。为这类文字由内而外的稚拙着迷。这着迷时常表现出一种感动，内心荡漾。

曾经与朋友一同在落日将尽时，看白鹭低飞。路旁石墩上坐着垂钓的老人。这类陪伴是极为殊胜的施与受。彼此的精神世界都得到净化。

避免给他人带去伤害。时时自省。

对那些生于安乐，不曾亲临或正视自我痛苦的人，会不自觉生起悲悯心。因为他们的人生尚未真正开启，便已进入倒计时。要对他人的浅薄与无知报之以理解，并祈愿他们醒来的那一天。

风吹一个小月亮

地铁站里，一个男孩在卖花。经过时，他正埋头修剪花枝。花朵被分类插在小桶里，花瓣上有水珠。买了两朵半开的洛神玫瑰。倒不是因为这花朵的名字，这名字中有种妖娆与艳俗，反倒显得与花不相适宜。

花朵本身是美的，素净的白花瓣，花蕊呈极淡的粉红。仿佛人群中，一个洁白的小女孩。

写下这些字时，它们已开始枯萎。一如缘的生起与熄灭。执着所致的痛苦与撕扯，因逐渐接纳无常后，能够心生洁净与慈悲。幸好有无常，我们才能不断改变、修正、持续行走。

目送一朵花的远去，会看见它的种子重新生长。

早晨煮咖啡，对面办公室里的女人也在等待。她突然俯下身子，清除黏在我裤腿上的白色猫毛。我们本不相熟，这个俯身的刹那，让她从此与我的生命有过短暂的联结。再看她时，仿佛能看到很久很久之前的她。

不是每一个路过的人都会停下来看自己一眼。今生的刹那，已有多世积累的因果。要学会看见每一次的遇见，其次是生起祝福他人的心。哪怕最后我们会各自走开。

有人约请我三月去交流读书体验。这个熟悉的命题，要真的分享与他人颇为艰辛。

阅读是内在的能量生长，粉碎自我与重塑自我的过程，难以用三言两语述尽。能落于言语的，不及阅读时心灵真正体验到的万分之一。只能尽可能地使交流生动与真实。

照亮一个人也是自成圆满的功德。像酥油灯一样，慢慢燃尽自我。

且共从容

吃完午餐，独自去屋外走走。阳光温暖。那条小河是每日上班的必经处，早晨有不少人在此钓鱼，围观者众多。可惜此前我一次也未能在河边驻足。

中午行人很少。站在河边，心极为宁静。波光潋滟，一只乌龟悬浮于水面。隐约可见它正划动四肢，不多时又一头潜入水中不见了。白鹭从对岸贴着水面低飞，落到草丛里。用深灰的喙啄着一朵白野花。

河水清澈，水草款摆皆可如实看见。成群的鱼儿聚拢在近岸的水域，有的周身呈灰黑色，有的是绛红。河的两岸开满紫色的花，一大片一大片的，蝴蝶忽高忽低地飞着。眼前这波光粼粼的一切，从容地存在着。置身其中，突然理解了欧阳修的句子："把酒祝东风，且共从容"。目前的花朵、鱼儿、白鹭、蝴蝶、零落的枯枝……一切正是如此静好。

　　心中当下是不可生起欲望的。因为知道一切都已是圆满。

　　欲离开时，一片叶子随水流经过。它缓缓地向前漂去，仿佛来自遥远的时光。帝城不禁东流水，叶上题诗欲寄谁。眼前的这片叶子上，同样该有古老的相思。它正缓缓地、缓缓地、一刻不停地向前而去。

愿有清凉眼

起得很早，吃完早餐在办公室坐着。人很少，内心清凉。各种念头也应该成为自己的功课，把持，控制，安住，这些都需要强大的心力。心放下来，看见自己的每一个念头。生生不灭，一个念头消失了，下一个念头生长起来。浪花一般的。

无数个刹那的联结之间，是无数个自我的粘连。每一秒都成为过去的自己，每一秒都在告别，在告别中跨越。内心有一片深海。正在学习如何与之和解、度过、穿越，最终安住在风波里。

平时热烈的同事突然与我聊起夜晚。她说，即使疲惫也会想要站在阳台上，等待着什么发生。虽然她知道什么也不会发生，什么也不必发生。但她每夜都会疲倦地等待。等待对抗着虚空。深圳的夜晚看不到星星，她想念家乡。看到下弦月她会感动。

她问我，人真的有灵魂吗？因为时常梦见去世的闺蜜。梦里那个去世的姑娘斜挎着布包，对自己说：我要去云游了，再见呀。她说，这就是灵魂的共振吗？我想是的。当一个灵魂与另一个灵魂心意相通，时间与空间便会被瓦解。彻底消逝。灵魂畅通无阻，这正是每个肉身最内里、最核心的心性。

能听到一个平日也许陌生的人，与我探讨她一瞬间关于灵魂的思索与迷离，这真是分外清爽的时刻。空气因为这些看不见的能量，变得洁净，接近本真。虽然下一刻它又复归于沉重与迷蒙。但我们有时只因一刹那活过。

世界如今在我眼里，早已不是曾经年少时脆弱的模样。它有了全新的意义。有的我已明了，更多的部分我仍在探析。我希望这一路上能始终看到那棵静默的树，一条无人的公路好长好长，我希望这些始终陪伴着我。

我希望自己勇敢而无畏。

旧句子

天阴阴的。张爱玲曾说,天阴得仿佛"蟹壳青"的颜色。我如今看了这样的天色,方知她所言极妙。一连几天日光明媚,今早开始变了天。远处的山与海隐没在这片氤氲里,无精打采。人坐在屋子里暗暗的,若不开灯,无事静坐时心里闷闷的,却也是静的。

想一年又过了。望着窗外的天,丝毫不觉这是年关已近的气象。突然想起来小时候,大人小孩仿佛都能一鼓作气,为了春节忙碌,热闹是自骨子里生出来的。街坊邻里间,门户敞亮,逢着便说几句吉利话。即便是这般阴湿的天,人人身上也有一股泼辣爽利的精气神。

如今年味渐淡。我也已与家人多年不曾见面。大都市的繁华,连欢乐都仿佛是制造出来的。年轻的人相约一起去市民中心跨年。张灯结彩，霓虹灯烁，有时喷泉的水柱高高托举，各色脸庞变了形状。笑着，欢腾着，快乐却是浮在这水柱上的。这样的跨年，我只在约十年前去过一次。人置身其中，心里是轻飘飘的。后来便不再去了，往往一个人坐在家中更觉心底清净，往事也看得如此真切了。我想，那才是自己。

近几年更多回忆起小时候的事来。或许是当今的日子平淡而有序，一如素来保持清淡寡甜的饮食，恍惚间记起小时候所食的香辣与刺激，如今不可再得，便忍不住时时留恋。如今逢年过节于我，不过是寻常时日。少时的朋友不再联络，很久之后回到故城，若不靠导航几乎找不到路。人生如逆旅，我亦是行人。

或许正是这种情怀，让我读罢《燕食记》后仿佛遇着知音——一本由陌生人所写的无言之书，竟恰如其分地诉尽我心中无限事。那些可言不可言的情怀，全然被另一个人说了出来。

关于《燕食记》的"好"，评论早已不计其数。但我知道，这所谓的"好"对每一个读者而言竟是不一的。有人说，此书刺激了自己的味蕾，读罢后誓要好好尝遍粤地的

172

各色美食。这些对我倒是不那么吸引，我是对美食寡欲的人。现在想来，之所以偏爱此书，大抵是源于它勾起我对逝去旧日风情的追忆——很多曾经年少时的人与事，早已消逝于时间的无情之波，时代更迭的巨浪更加速了这种消亡。

数年前，我走在焕然一新的湖南小径。看到曾经码头旁临水而建的住宅早已被新式房幢取而代之，不禁心中怅然。我问自己，那些曾经存在过的，真的存在过吗。这种恍惚之感，时时撩拨着我。自古便是如此，古来万事东流水。那些曾经亲抚过我的老人，如今在我的记忆里也日渐模糊了。时代的一个巨浪打过来，后浪便排山倒海涌过，你我皆是风波之民。

某次与侄女说，曾经这里是石阶，连着码头，每天有一个老头儿挑着担子卖花，两角钱可以买一大束栀子花，花叶肥厚，芬芳馥郁。她面对眼前的柏油马路一脸茫然。我当即知道，一个时代远去了。这些较我更晚一辈的人，他们对那个举国经济最初腾飞的时代，是毫无记忆了。

终有一天，我们也将成为历史的一部分。

《燕食记》明面上看似在写粤地美食，实则内里是为表现一个时代不可抗的被风化的命运。主人公荣贻生拥有一段颇为传奇的人生经历。他一生不知自己来处。然而细思起来，却又觉得这或许是那个不确定的时代，最真实的印记：和平时期，大富人家翻手为云覆手为雨，一旦兵戎相见，战火纷飞，便家离人散，如珠玉断线。谁能对自己的命运做主呢？

眼见他起高楼，眼见他宴宾客，眼见他楼塌了。

情爱更是奢侈之物，有如水中之月。对其爱怜有之，想要将这一轮明月光挂在床前，却掬水即碎。尼姑庵里的傅月与陈赫鸣之间，就是这样的爱而不得。他送她两只水头剔透的镯子，当着月光看去，一只镌着满月如盘，一只镌着新月弯弯。她对他说，你初一来我戴这只，你十五来我戴这只。可他永远都没有再来。

这或许是那个时代里，最常态的关于爱的凄苦。凄苦中，又有那个时代特有的霜洁与清亮。这种甘于将爱藏在盒子里的隐忍，是如今的青年男女不可知的。看过身边青年爱侣之间，爱与恨似乎都应是炽烈与决绝的。爱你，憎你，都欲要对方知道，恨不能整个世界都听到他们的言之凿凿，信誓旦旦。旧时代里的相爱人之间的自持与节制，似乎对他们而言闻所未闻，也大可不必。等闲变却故人心，却道故人心易变。不知时代越来越快，故人的心意是否永远不可再来。

我们对抗时间的方式，似乎唯有把那些旧日记下来。好让后来的人读到这些文字中作古的风物，会有冥想及遐思，知道自己此刻脚下的土地，是有来处的。

我心里时常浮现这样一幅幼年图景：我问祖母，你是什么时候出生的呀？她说，民国二十一年（1932年）。她不知道，其时窗外已经换了新世界了。那天，正值新春，她穿了一身暗红绲边对襟夹袄，袖口处绣了一朵牡丹。

潘帕斯之鹰

办公大厅的电子屏上滚动着最新的要闻。"姆巴佩上演帽子戏法"几个字将我拉回到昨晚的世界。置身于人来人去的办公大厅，我有些恍惚的不真实感。是啊，竟是在一夜之间，昨夜发生的一切，仿佛成了久远的记忆。

那个充满奇幻、险境、绝望、欢腾的魔法世界，仿佛波谲云诡的一段人生。正是这种巨大的不确定性，让我又重新回到第二日毫无波澜的生活里时，体验着一种不真实的幻灭感。但无论如何，在这个夜晚见证的一切，对我来说是那么充满吸引力。

只要一想到昨夜啊，万般滋味便涌上我的心头。它让我至今感叹，人生跌宕起伏的底色或许是上帝给予一切生命最具深意的礼物。

说到底，我并不是什么狂热的球迷，所知球员寥寥可数。以至于当得知我为阿根廷队加油熬夜后，身边的友人觉得不可思议。纵是连我自己也要为之惊异的，或许这是此项运动的又一种魔力吧——我愿称之为魔力，可能与不可能几乎在瞬间转化。

对阿根廷队的关注是自梅西开始的。早在初中时，无意中在球星卡片上知道了他，也仅仅停留在知道而已。真正关注，是四年前的世界杯比赛中，看到了他落寞地坐在欢腾的赛场上，那双眼睛里流淌着一种说不清的感情，我从中感受到一种巨大而清澈的能量。就这样，我记住了这样一双眼睛。他像一个干净的天使。顾恺之曾经在说人物绘画时提到：四体妍媸本无关于妙处，传神写照，正在阿堵中。是的，一个人的眼睛是藏不住秘密的。它并非只是心灵之窗扉，它就是心灵本身最真切的投射。

中国美学非常注重线条的艺术，它几乎存在于中国的建筑、书法、绘画、舞蹈等一切艺术形式里。看了梅西的几场比赛，我几乎确认一切的艺术皆是相通的。当其他年轻的球员在速度与体力上，逐渐赶超老去的梅西时，梅西始终如一地在古典球技中完成每一次传球与射门。由他发出的球，在空中形成一条优美的弧线，这已无关技法，而是更高维度的人与球的合一。

虽然他的点球几乎是毫无悬念地完成，但每一次他都会深锁眉梢低头看向自己的球，等候心灵与球的联结。那些短暂的时刻，对于我们来说是稍纵即逝的一秒钟，对他而言或许是一条无限接近上帝的朝圣路。在静默的刹那，他的心里经历过什么，呼唤过什么我们永无从知晓，但我相信那些时刻他一定看见过心中的神祇。

我一直相信阿根廷会拿冠军，虽然他们并不需要这样一个奖杯证明自己的实力。这只年轻的潘帕斯雄鹰，是以梅西为灵魂核心的。这些小伙子视梅西为精神领袖，他们亲密而紧密地团结在一起。网上流传着一幅插画，这群着蓝白战袍的小伙子，早在他们年幼时，高大的梅西牵着他们的手，如今他们已是翩翩美少年，成为梅西绿茵场上最亲密的战友。而这种感情，无论多么细腻的灵魂都无法十足地共情，但我又愿意相信，孔子所说的"朝闻道夕死可矣"的那种照见心中神圣的无所畏惧的心意，大抵是一样的。

门将马丁内斯表示随时可以为梅西奉献生命，奔驰的德保罗目光总是追随着梅西……这样一个团队，其他队伍又如何能与之匹敌呢？一切的技术皆可经后天训练习得，然而精神世界的向心力，却是除了一颗赤子心，任何外力都无可奈何的。

昨晚确实是一场苦战。命运之神似乎有意让阿根廷队奔赴大力神金杯的这一路荆棘丛生。法国队用97秒的绝杀追平比分，让阿根廷战士们上半场的奋力拼搏顷刻回到原点，这无论在体力与心力上对他们都是一次巨大的袭击。看着那群并不高大的小伙子穿梭在法国队结实威猛的黑人球员之间，我在体验前所未有的为一支球队而生的窒息感的同时，也为追梦者的坚韧欢欣鼓舞着。——无论如何，他们是我心中的英雄。

只有看过这场比赛的人，才能最终体会到它的精彩，它的不容被遗忘。无论多少年后，当昨晚的观众再度回忆这场比赛，它仍将是拨动心弦的最强音。

梅西和他的小伙子们捧起了金杯。那个由胜利女神高举双臂托举的星球上，闪耀着的正是这群少年们心中最高的荣耀。那一刻我突然明白了，荣耀不只属于梅西，不只属于阿根廷球队，甚至不只属于阿根廷，它属于每一个心中始终信仰梦想，信仰奇迹的人们。

这场两个小时的比赛，像极了人们短暂却赋予意义的一生——山顶上有一朵盛开的雪莲，要经过无数次的跌倒与爬起，绝望与希望，我们才能最终闻一闻她的芬芳。毕竟，不曾痛过的人生，算得了什么人生呢？

我很喜欢阿根廷的国旗。蓝白条纹中央，一轮象征自由与和平的金色太阳，不知人间忧喜地照着。与他国国旗仅由抽象几何形状组成不同，阿根廷国旗上这轮五月太阳，并非抽象的写意，反而如孩童手绘般的有着具体的五官，呈现出某种古拙的稚趣，像极了中国两汉时同样稚气天真的工艺。

这轮太阳的双眼，让我回想起某个夏天去蓝毗尼的往事。在白塔高处，正是这样一双细长清凉眼无限深邃地将目光投向远处——那正是佛祖的眼睛。一切的目光如炬里，都充满着平静流淌的神性。一切的奇迹，便隐藏在这平静深处。

如今却忆江南乐，当时年少春衫薄。还好，奔腾不息的生命曾经走过"当时年少"，这便够了。

水上看山色

天刚刚蒙亮的时候，太阳是很可爱的。仿佛一个圆圆的橘子，一点一点从森林后跳出来。这时的天色素净，地平线处唯有一条深红，越往高，天色逐渐变得浅薄，满是淡雅的粉色。楼房的黄色墙面上，投下太阳与树的光影，错落着，微微颤动。

这时出门，路上行人也是极少的。清道夫默默打扫落叶与花朵，俯下身子为植物浇水。人与花木这样的亲近，彼此静默无言。沉默中有很深很深的情意。流动，交融，心物合一。偶有三三两两的车辆，缓缓驶过，晨雾薄纱般将其掩盖。

清晨有风。泥土、树叶、花朵，以及枝丫上未干的露水，都有各自洁净的气味。一天的最初，竟是如此湿润的。

褶皱的心随之舒展。一棵高大的树上开满了花团，白色的，仿佛一个个素雅的月亮。

有种树的叶子光滑硬朗，如同涂抹着一层薄蜡，擦过地面有声音。走近一看才看出微微的弧度，先端上翘，如一条小船。黄色的，小小的船。风过处，它们便打着旋儿，扬起，落下。原来黄叶纷飞，并不一定是遇到了秋天。

生命的底色本就如此不同。世间的无数面向展开，扩大，随时随地准备迎接天真的眼睛与心灵。

野牡丹也盛放了。满满的，花束彼此簇拥着，旁的草叶淹没于这花海深处，让城市的硬骨平添柔情。零星的晨跑人彼此打招呼，擦肩而过，奔向远处的丛林。仿佛不曾来过。一切都是静的，这独自苏醒的世界。

后山里鸟雀很多。每当天微微蒙亮，鸟儿们便醒了。婉转啼鸣，热闹非凡。知了们也不知何时加入了这队伍，为周末清晨平添了许多生机。每在床上躺着，听着这天然的声音，什么烦忧便消退了似的，只剩下窗外这明丽干净的、满满当当的春天。

最先知道春的消息，便是这些鸟雀了。经了一个冬天的沉寂，鸟儿们似乎一夜间都飞回了它们旧年的巢。因为这声音正是我去年春天听到的。它们就像我的旧友，各自忙碌了一个冬天后，又回来我身旁为我歌唱了。

然而关于这些朋友，我却很少目睹它们的芳容。它们不常飞出来，只是在深林里亮着嗓子。我时常想象它们的模样，我总觉得它们应该是浑身鹅黄的羽毛，翅子先端该是微微的褐色。我并不曾真的瞧见过它们，然而在我心里，却一直认为它们该是这样娇小玲珑的一种。

我与它们这般相亲，大抵是因为我觉得自己仿佛也似它们一般的，——我们都是自他乡飞来此地的，这便就有了惺惺相惜的基础。有时我坐在窗边看书，时不时地要停下来咀嚼那书中所写的滋味。有一回，读到宋词里写的"百啭无人能解，因风飞过蔷薇。"心里突然觉得惆怅。因为当时窗边正是这一声声的鸣啼。不禁叹道，又有哪个痴子似我这般，愿意听一听那声音里头的意思呢。

沈从文曾经看到一个胖女人从桥上走过，他当下便觉得心里很难过。旁人并不能理解他的这种情绪，可我想我是懂得的——诸多的念头，被看似无关的事物勾起，其实都是因为更深更隐秘的因缘。

有一首歌,写得很有意思。我记得其中两句——水上看山色,山间听水鸣。这歌词写出了我活着的意愿,我很喜欢。

满庭蝴蝶儿

去医院体检。不知在恐惧些什么，每一年的身体检查，犹如一种负担、一次审判。可能是疫情之故，往日人潮熙攘的医院，今天颇为沉寂。大厅里只有三三两两的人排队取药。白炽灯灰亮。

先去二楼抽血。护士从口罩后方露出一双大眼睛，塌陷的眼皮显示着她不再年轻。确认姓名后，橡胶管勒紧手臂，她拍了一拍，淡绿静脉便暴露无遗。那一刹那，看到自己的每一寸皮肤就是一片土壤，由母胎开始，精血由此凝聚，扩散，逐步铺开。

扁形的针管扎入皮肤，绛红黏稠的血顺着导管汇入试管。护士捏起它，摇了两摇，哐当一声扔入一旁的塑料小框。与其他装满陌生人血液的试管一并等待送入化验室。那温热的液体,源自我体内,它们曾到过我的心,以及五脏六腑。如今它们裹挟着我一切内隐的悲伤与喜悦,抽离于我的身体。原来痛与欢乐竟是这样的一股股红。再看一眼装在试管里的我的诸多喜悦与哀愁吧,我知道,一部分的自己永远流走了。

彩超。冷腻的滑轮沿着腮腺滚动,压迫着筋络与咽喉。再抵达胸口、腹部。医生说,吸气。小腹便压缩起来,像一块受重压的面包。昏暗的房子,门外等候的人与旁人说起今天的菜价。一切是陌生的,隔离成假象。躺在检测床上,任何一种声响都吸引着我的注意力。无法不专注于门外的琐碎谈话,以及探头游走于身体,医生机械地指引。自己仿佛不曾活着,也不曾活过。

滑轮在腹部的按压与滚动。抬眼可见的,是停格在黑白屏幕的自己的脏腑。这是你的胆。这是你的脾。这是你的胃。放大的图片里,是深浅不一的色块分布。贾宝玉说"我的五脏六腑都碎了。"在这一刻鲜活生动。长相思,摧心肝。这些是我的心肝啊。而此刻对视着它们,竟是这样的陌生。

眼泪沿着太阳穴流下来。吧嗒,吧嗒。滴落在铺着蓝色薄膜的硬板床上。莫名与巨大的苦涩之流。生命此时是沉重的。沉重来自陌生的身体。由陌生衍生着无助的恐惧，以及对神秘莫测的生命场的谦卑。

不久心脏检查报告便出来了。心脏有小问题，并不意外。感情的细腻与思虑的波动，每时每刻都意味着心念的消耗。人与动物的本质区别即是对痛的感知。深刻的痛。每时每刻都知道，自己是活在痛里。快乐的痛，忧伤的痛，每一种痛都是真切的，不曾有半点苟且与敷衍。一朵花的开谢，一个不起眼的皱眉，陌生人泛白的衣襟……为此而心跳。

爱这样痛楚地活着，它们将我与最真实的灵魂深处联结起来。

此刻已从医院回来躺下。感受着每一次呼吸，胸口细微的起伏，观想血流正流经周身，倒流回心脏里。身体无时无刻不演绎着轮回。每一次轮回都有可能成为此生的终点。终点即起点。这样观想着，脑海中浮现一句词。清丽婉转，从中看到最初的自己。

花枝，满庭蝴蝶儿。

生命炽热的惨淡，寂灭的繁华，也许正是如此吧。

夏日看展

古代艺术馆位于同心路上，我应该是上午开馆的第一批访客。人少，心也清凉。参观者多是带小孩前往，再者便是年轻情侣。门口有池塘，栽种着几朵睡莲。小朋友拿出各自电话手表拍摄。

时间太快了。物物更替，早已不同往昔。我的小时候，凡属身边事，都是用眼睛看，凭心思记录。体验生活的方式，朴素而简单，却往往深入。那个人人都能相对安稳，自处于当下的年代，不像今天的大人与小孩，忙着借助科技网络，展示，分享，消耗。

我至今仍然看见一朵睡莲静静地开放在池水上，便会从心底生出欢喜。偶有一只绛色蜻蜓低飞，我想它也是这样的心思。唐诗里有一句"蜻蜓飞上玉搔头"应当就是这样的一种天然美意。

展馆主题是"不朽不灭"。各时期的出土文物无声传递着这份哲思的深浅。流连其中觉得玄妙,不可思议。入门处是两只灰岩制的兽形门枕座。展示着南北朝时期的石刻艺术。

那兽怒目圆睁,胸膛高挺。第一眼见着了,便生肃穆与欢喜之心。细看便会发觉其眼眶处,残存有隐约朱砂印迹。这是当时彩绣辉煌的艺术气象最真实的显露。胜过一切文字阐述。

石头与中国文化有很深的联结。自古便流传娲皇氏假五色石补天的传说,那是一种力量的象征。石头可以是齐天大圣的最初,那里又可摩挲到生命起源的柔美。石头之美,是中国文化中刚与柔的阴阳调和之美。制陶、冶炼工艺兴起前,历史的流徙,思维的发生,都在石上记载。

一座唐时的灰岩制佛座像,已为残件。头部缺失,双臂残留。但仍可见其结跏趺坐,法相庄严的圆满。衣纹起伏款摆,呈飞动空灵之势,不可亵玩的端庄。体态残缺,形容斑驳。色彩剥落,面相模糊。每一处都是穿越时空的声音。

空灵,真切,如如不动。

枯叶蝶

楼道墙壁上，某天飞来一只枯叶蝶。飞来了，就再也没离开过。任人来人去，始终静止如一。有时，我甚至怀疑它的生死。但我想它是活着的——从那份静止里，我觉知到一股暗涌般的生命蓄力，鲜活、炽烈。这是神秘的个人体验，无法用言语述尽。

我深感世间生命姿态竟是如此不同，各色生命用自我的方式走过人间。再卑微的个体，都是一次完整的灵魂抵达。不同维度的生命形式，虽无法全然介入对方，但彼此的灵魂是同质的。这是佛陀说众生有情，万法平等的大前提。

每天上下班经过楼道，都习惯看一看它。每一次瞥见，都能觉知到无声中的全部意义。它一直在那里，从它第一次停留于墙上，就再也没有变换过位置与姿态，时间仿佛在此处停格。这样过了约半个月吧，今日开门发现它不见了。要走到近处，才能发现墙上徒留一抹深红血渍，以及一些隐约可见的翅羽上的毛鳞——很显然，是有人残忍地、轻而易举地掠杀了它。

内心难过，只能把这些如实记下来。这世间人每日都在宣扬正能量，却对卑微的生命体选择无情、漠视。内心原本的正念因为这些分别心，变得不完整。身口意的修正，是每一分每一秒都应持续的功课。

往日每一次路过这只枯叶蝶，都在静止中交换彼此生命的能量。如今路过这空空荡荡的墙，心中惟愿它的灵魂能归于宁静。

试遣愚衷

　　没见过张爱玲的人，竟梦到张爱玲两回。一回是住在上海一间酒店（店名如今已不记得），一回是在今天早晨。

　　这两个关于张爱玲的梦，事先都是没有征兆的。古语说"日有所思，夜有所梦"，但我白日里均没有刻意想过她。然而两回的做梦，都和我去过上海有关系，第一回梦她是我身在上海，第二回，也就是我今晨梦见她，是我刚从上海回来。这是颇有意思的事情。

　　第一个梦我至今记得清楚。那个梦里充满了强烈视觉冲撞的颜色。大红大绿的桌椅与墙漆，长桌上的瓷茶杯镶着金边。一根金属质感的小汤匙冰凉凉斜靠在茶杯里。那一次的梦里我已不记得张爱玲的人，唯有她的声音我至今是犹如在耳的。那声音细细碎碎的，像唱台上油彩脸庞下挤压的唱腔。

那个声音说："我只是看。"唯此四个字，但我想自己是心领神会的。张爱玲曾倚靠在上海滩的阳台，面向着屋外低垂的黄昏，说人生是个荒凉的手势。她是临水照花冷眼看世界的人。我想"我只是看"是在告诉我书中关于她的这些那些是真的。

因了这四个字，那间梦里的彩色房子变得满满的。以至于我从此再读到张爱玲描述自己在房间的文字时，脑海里会不由地将她放进那团别有洞天的色彩深处。

从这以后，我没再做过类似的梦。更没有梦见过任何一位与我的现实生活毫不相干的人。这种梦境带来的新鲜与刺激，大概是我至今念念不忘的原因。直到我前日从上海回来，竟又一次梦到了张爱玲。

这一回我清清楚楚看到了她的人。她把头发蓬蓬松松地束在脑后，整个脑袋上像顶着一朵流动的乌云。皮肤过分的白，肉感的高大身躯裹在紧的金丝绒的红色晚礼裙里。

她将自己点燃。我清晰地看到火苗从她圆圆的肩膀上开始跳跃，接着整个人冒起白烟。她嘴里不停地呢喃：

"关闭所有的通道,关闭所有的通道。"我想她是要将自己了断在浓烟与火焰里。

张爱玲最后是独自在美国公寓里去世的,谁也不知道她最后的生命时刻经历了什么。我想这个梦的显像不一定是真的,毕竟它是如此荒诞无稽。但它所呈现的张爱玲万念俱灰与对抗死亡的平静是不假的。我相信自己的直觉。

梦里自焚的张爱玲,最后想起什么似的,拿出手中的笔记本,在本子上写出一串数字(当时梦里我看清楚了,现在已不记得)我的潜意识里知道,那是她最后的积蓄。张爱玲确实在生前将自己的稿件与积蓄交予了宋淇夫妇,这又一次在我荒诞不经的梦里最终确证。

此刻醒来,在极为平静的心绪下记录这两个梦。窗帘外,天色阴灰。像是春日的某一个黄昏。鸟儿们却不如人的矫情,它们仍此起彼伏地欢快啼鸣着。我突然想到素日的每一个早晨,总会有一只乌鸦哇哇地大叫两声。可自我短暂的旅程归来,似乎再也没有听到过它了。

新的一日开始了,是旧年的最后一日。

闲情，偶记

醒来的时候，天已大亮。窗边的白纱，每逢晴天似变得更亮眼，犹如海面上一整片明晃晃的日光。我心里有种难以名状的感觉，是没来由的怅惘吧。但我时常为这说不清意义的心绪着迷。

阳台早已沐浴在日光之下。留在此地的那把圆形藤椅，椅背上映出一个长方形的太阳。我不禁要坐下来，看看远处蓝不见底的天，还有棕榈树投映在地上的影子。靠在那个长方形的太阳上，一股淡淡的温热，像一双柔软的大手轻轻地抚摸着我。莫名地感动。很多次对于幸福的体验，都是生于这样有情的万物里。

我总得要找些什么事来做罢，以免辜负了这样好的天气。杜甫说的，青春做伴好还乡。我现在又何尝不是在这青春里呢？只是少了纵酒的情致，因为对饮与独酌之间还是少了些许意思。

这个时候最适合读《闲情偶寄》。只因我此刻就是一个闲人，闲得名副其实，闲得岂有此理。此书凡六百余页，搁置书架上多时，可惜每次读皆是匆匆。它虽名目另类，然到底是些闲散偶寄，在"惜时如金"的诸君眼中是断不可在这些个上浪费光阴的。

而我此番拿来此书读，竟感到"正是时候了"。书中涉及领域甚繁，美人服饰、花草种植、杯盏器皿……远去的清朝往事，竟如邻家女孩在我膝旁做着针线那般亲热。此刻，我有些后知后觉地心欢，如获珍宝般不忍释卷。

字里行间透露出李渔此君的风趣与洒脱。但凡对生活有体贴入微的关怀之人，其面容与风貌都是有洒然风姿的。临了再说一嘴，没有真正闲情的人千万别读此书，以免两败俱残。是人不见书之好而徒增其恶，书不宜人之味而物我两伤。放彼此一条生路，岂不快哉！有缘千里来相会，无缘对面手难牵，所言实谓人书之间矣！

予之喜爱此书，盖予每日所记亦如"闲情偶寄"是也！呜呼！予今日与此书之遇，应作"相见恨晚"之叹！呵呵。

橘颂

我近日皆白天睡觉,夜来读书。夜里万籁无声,点一盏暗灯,喝一罐啤酒,读一本好书,是十分自适惬意之事。只是这样的读书,最怕的便是腹中饥渴。弘一法师过午不食,我等凡胎是断不能够的。我才刚便觉得腹中空空,只得找来些水果聊以充饥。

水果里我最爱吃的便是橘子了。

这些橘子还是上周买回的,挨挨挤挤地装在盘子里,有时总忘了吃。《西游记》里二郎神率天兵天将下界捉拿齐天大圣,点兵时不知是否也有我今夜这番神气——面对满盘的橘子,装模作样挑挑拣拣了起来。

一眼望去皆是满目红,然细看来却各是深浅错落的。有的橘子色泽较深,光看一眼便觉鲜甜。有的只是浅黄色,顿觉鼻涩牙酸。这就筛去了一部分。剩下的便看软硬了。我总觉得软的橘子甜于硬的,而且往往皮薄者又甜过皮厚者。循此一己之见,最终挑出一个"完美之橘"来。

想来此橘子与我该是有前世缘分罢,不知它上一世竟与我有何相欠,如今落得为人果腹的境地。想到这里,我不禁轻轻嗅了嗅她,淡淡的甜香从果皮里透出来。仿佛此刻才真正懂了古人所说的"暗香"竟为何物,它是好到不可猜度的。

虽然如今温度已高,日子渐长,然而橘子的果皮仍是清凉可人的,并无熟烂之气。我不禁想要用"珠玉"来比拟这些圆溜溜的橘子们。

橘子形状圆满,说到底不是标准的几何形球体。它有一面趋于扁平,由此可以安安稳稳地立住,而不至于滚落。这就让她安住于果碟里,一张圆圆的脸盘,憨态可掬。那圆脸的另一面,是一个被人为剪断树枝后留下的节疤。那是它与自己生命之源最初断裂的地方。仔细看,便不难辨出有利剪剪断的痕迹。一切人为的都是有痕的,人为与天然本不可混谈。这剪断处像是这张可爱的圆脸上的一道疤,多少会令矫情的人更为矫情,一如此刻的我。

宋词里似乎有一句叫，纤指破新橙。想那原本定是男子描绘女子之态所作的，可我今夜偏要这般诗意一番。剥落果皮，露出那橙色的橘子瓣斑斑驳驳地落在掌心，等待我的最终发落。之所以称之斑驳，犹言果实上尚有一层鹅黄色的果衣。我并不知它学名，唯有这样记下。我将它们丝丝缕缕分崩离析，这才得了一个干干净净圆鼓鼓的橘子。

嘶，由中对半剥开。嘶，剥下一小瓣填入嘴中，嫩滑的果肉渗出甘甜的果汁，我干涸的喉咙与胃瞬间如沐一场甘霖。不禁渴望可有那么一次，自己能去果园里摘橘子。我定用最纤细的剪子，轻轻将它们从枝头上剪下，如古人拾翠般用心。以此减轻自己暴殄天物的罪恶。其实这样的想头，更为了能去闻一闻尚在枝头的橘子，是不是别有一段清香。

因为尚在枝头的它们，生命之源从土壤至深而发，汲天地精华而日渐圆满成熟，高高挂在枝丫上。它们那时才是活生生的一树生灵啊。

得闲饮茶

广东人是极爱喝茶的。每每中午在食堂吃完饭,同事之间便三个两个的相约一同饮茶。粤语里说"饮茶"而非"喝茶""吃茶",其中有微妙的分别。《红楼梦》有一回写贾宝玉、林黛玉和薛宝钗一起去妙玉禅房喝茶,妙玉打趣贾宝玉时有一番话:"一杯为品,二杯即是解渴的蠢物,三杯便是饮牛饮骡。"可知茶对于文人墨客来说,是极淡极雅的。

广东人的饮茶,通常是一圈人围几而坐,先是煮沸一壶开水,咕噜咕噜等待水开的时间,茶友们你一言我一语说开了。股票、房价、车、娶媳妇……时不时哄堂大笑,间或又因听到惊异事放低音量,小声啧啧。

我曾有过几次与广东人饮茶的经历。

主人将新鲜茶叶抓一小撮放入青花盖碗中，以沸水冲泡。这第一道茶是不可饮的，用以涤净茶叶上的尘垢。主人将这洗茶的水倒入各人饮茶用的小茶杯里，烫过杯沿，对杯盏作简易消毒清洁。这以后便可开始泡茶了。

冲泡时也是颇有讲究的。手腕要与杯中的茶叶保持距离，往往是高悬半空中，腕子要稳当，直直地让水柱由高处而下，是为借水柱之力将茶叶冲散之用。此时的茶叶逐渐软化、舒展，像一朵花苞绽放。

此后便是分茶。各人面前的小茶杯里，约倒入三分之二的茶，不可斟满。说是有"茶堪酒满"的讲究，即给人敬茶要半满或七分满，敬酒则要满杯而溢，至今不知何道理。端起滚烫的小杯子，小口饮啜。朋友曾说，吸入一小口滚烫的茶汁，先在口腔里润一润，缓缓吞下后可感受到舌根处清凉的回甘。

有时遇到口渴之人，往往仰脖一饮而尽，要求主人再斟满，再饮尽。他是真的口渴了。虽说知道妙玉的"饮牛之论"，然而这"不合时宜"的洒落，自有一种甘之如饴的风流派头呢。

我的家乡湖南也是喝茶的。然而比起"饮茶"，"喝茶"

之于湖南人似更相适宜。与广东人这般的"功夫茶"相较之下,湖南人对待茶叶则要简单易行多了。湖南人往往在杯中抓一把茶叶,也无"洗茶"之说,直接倒入开水,摆摆头吹它一吹就小心翼翼吸入。这一杯茶喝完,就着茶叶重新加入沸水,则又是一杯新茶了。

很多老人家,往往从自家端出一杯浓茶,坐在树荫下打蒲扇,东家长西家短,一天就是这般好慢好长。日头西斜,看看杯底剩最后一口茶,仰脖饮尽,起身拍拍屁股说句:"走咯,天晚了!回去搞饭咯!"一扭头,吐出舌尖的碎茶叶子,佝偻着背便各自散了。

我小时在湖南,口渴了便就着大人的茶杯,咕噜咕噜吞下解渴。那是真的牛饮,至于茶汁的甘甜全无体验。但当时在湖南喝过的茶,此生再难喝到比之更好的了。

小儿无赖

朵朵大名向芮儿,是当当的同学。每日两个人学时一处学,饭时一处吃饭。中午午休前,一处在办公室里喂"恐龙"、写作业。

朵朵是去年暑假去的夏威夷海边,在那里学会了游泳。也是那年秋天,我第一次在校园里见到了一年级的朵朵。她的皮肤黝黑,头发乌亮,高高束在头顶绾成一颗乌青的丸子。朵朵是容长小脸,单眼皮,嘴唇宽厚。身姿修长单薄。像一只夏天藏在树荫下不知疲倦的蝉。

每天放学,朵朵便跑上来与办公室里的当当做伴儿,我便也几乎每日可以见到她。最初她很羞涩,除了和当当无话不说,对大人们她皆视而不见。当当和我说话,她也只是在一旁听着,有时跟着我们笑起来。慢慢地朵朵的话多了，她起先只叫我榴莲老师，现在叫我榴莲阿姨。这是她把我从"老师"这一对立面拉了回来，作了她阵营里的一分子。但无论她如何称呼我，我始终觉得她一直都是初见时那个古铜色的、青春飞扬的朵朵。

朵朵是十分爱笑的女孩，妈妈说很少见她哭。的确是的，相识一年多以来我只见她哭过一回，那是她被同学推倒了，胳膊破了皮。但我们安抚了一阵，她很快便又破涕为笑和当当跑出去了。

她应该比当当小一些，但她只叫他当当，不叫当当哥哥。当当呢却也不跟着我们叫她朵朵，他只叫她向芮儿。

他们玩耍时，通常是当当在把弄些新鲜玩意儿，朵朵在一旁看着。当当说，我的长颈鹿。朵朵说，我的长颈鹿，我的长颈鹿比你厉害。当当说，你想吃棒棒糖吗？朵朵不说话。当当说，你想吃就说。当当和朵朵的对话正是这样没有内容的，大人们都不管他们。但世间的恒律却是因空见色。没有内容，那是因为其中拥有着无限。我爱听当当和朵朵这样的说话，往往它给我以启示，如闻妙音。

每天中午吃完饭回到办公室，大人的精力多半耗尽，渴望一场短暂的午休。唯有当当和朵朵仍不知疲倦，忙进忙出。办公室的洗手台是他们的乐园。拧开水龙头，水花开在他们的手上，他们嘻嘻哈哈地笑个不停。无知无觉的大人们在他们旁边桌喝着茶，为股票皱起了眉头。这两种境界，无异于在天雏鸢与草间腐鼠。我是要自惭形秽的。

上周听朵朵妈妈说，下个学期要送她去爸爸的学校上学。昨天中午朵朵靠在我旁边聊天。我问她，你要去爸爸学校了？她说，不去啊，我妈妈说不去了。我想是她母亲又愿意每日这样带着她了，也是有的。

今天中午吃饭时，她妈妈说下周朵朵就不来了。我这才知道，原来朵朵是自己都不晓得要被如何安排的。她听到了，马上涨红了脸，抬着头对妈妈说：妈妈真讨厌。我不想去，你拖我去我也不会去的。

妈妈走了，让我们安慰朵朵。我将朵朵一把挽过来，两只手臂锁住她的肚子。她坐在我的膝盖上。我说，现在我用这把锁啊，锁住朵朵了嗷，要说对密码才能解开呢。朵朵说，一二三。我说，不对。朵朵说：啊呜，好难啊。我说：那就解不开了，整个下午就只能这样咯，我去哪儿你去哪儿。朵朵笑着说：那我再猜一次。四五六！我说：不对。不过要是回答我一个问题，就可以解开。要不要试试？要。你为什么不想去爸爸的学校呀？怕没有认识的人，对不对？她说，不对，那里我已经认识两个女孩子了。我问，那是为什么？

她说，因为那里没有当当。

那里没有当当。王粲说，虽信美而非吾土。那里没有当当，一切皆黯然失色。

我又问她：当当有什么好？你要这样喜欢他。她说，因为当当送给了我很多东西。他对我很好。我接着问：那你呢，你送给了当当什么东西？朵朵回答：我送给了当当一个木头人。那个木头人，正每日立于当当写作业的桌前，像朵朵看着他。我是知道的。

真不知道当当听到朵朵这番话，会不会像我今日这样的感动，这样的落泪，这样地轻轻地抱住朵朵。朵朵是伤心的，我知道。她说，她不快乐，就像她这个寒假待在湖北，每天踩着很多很多的鸡屎一样的不快乐。

今日中午，朵朵没上来找当当。以后也难再有了吧。办公室里，当当正穿着绿色运动服，背对着我在桌上写着。他转过身来，举着一张小纸条对我说：看，向芮儿的名字一共十五画。

小满

二十四节气都有自己的好名字，我最喜爱的是"小满"。不争，不执，风流云散都愿那样平平地接纳，及至满足。这满足终是小的，不是壮志。像《古诗十九首》里的盈盈一水间，河汉清且浅。

今日就是小满。

滨河路旁的簕杜鹃开了，凤凰花也开了。一树一树的火红在那高枝上，袅娜摇曳，是少女兜不住的心事。春光算是葳蕤的，夏日则更馥郁。《红楼梦》里写有诸多花草，观音柳、罗汉松、美人蕉、枇杷果。都是好名字。如今身在南国，夏天里随处可见的正是这簕杜鹃同凤凰花。这些名字是热烈与泼辣的，与夏日暑热何其相宜。

石头森林里的现代人，夏天终是不完整的。无有蛙声一片，半夜鸣蝉。即便是误入藕花深处，亦无人可说万种风情。唯有靠一些自我的抚慰，争先恐后为日子冠以薄俗的噱头。今日的"520"，就是这般的矫情与可疑。姑娘手中养在营养液里的花，再香也香不过田埂上飘摇的野雏菊与桔梗。

每番回想乡下人家的夏日，总能想到妇人养蚕。天尚未亮，女子便背着竹篓外出采桑叶，回来喂蚕宝宝。书中说，浙江某地的乡下人不叫"蚕"，唯叫"蚕宝宝"。真有意思！说不尽的江山风月，原都在村野农家的灯前养蚕。在这样的寻常里。我每想起李白写的诗：蚕饥妾欲去，五马莫留连。总要默默地伤一回心。只为它写的妇人是真的妇人，养蚕亦是真的养蚕。

有时听学生背古诗，"粉骨碎身浑不怕，要留清白在人间"，又有"千磨万击还坚劲，任尔东西南北风"。我不很喜欢这样的句子。大概以为人的决心与骨气，经不起这样的宣扬罢。若非一番寒彻骨，那得梅花扑鼻香。所以王阳明说要在事上修炼，别人的铮铮傲骨荡气回肠，终归是别人的。学生却喜欢这些慷慨激昂，一个个背得掷地有声。这是因他们的生活，如今是才刚起了头，以为一切的人生都是如此轰轰烈烈。

我今日看着学生这样的背诗，仿佛看到了自己的最初。人年少立志，皆是这样风风火火想要成就一番大事业。人离了娘胎，第一声必是震天动地地哭出来，以后方能逐渐领悟沉默的可贵。

学生在我眼前来去。惊讶地发现，女生们在校服里皆穿上了白色棉质小背心。即便是身子那样单薄的小美，也穿了一件小衬衣在内里。白色的两根细带子，从女生们后背隐约透出来，看了心里干爽清净，全无任何不洁的意思。想女生的内衣及至一切私物，就该是这样简简单单、干干净净的一色纯素方是好的。

她们向我走来，仿佛大观园里的女孩子向我走来。如此剔透的水做的骨肉。这些女孩子们正悄然长大，春光乍泄。是啊，春光乍泄，这是极美好的一个词。唯此四字，鸿蒙太初便全然敞开，由天光云影里露出天机。然而看得见的，终究是身体的变形。看不见的那心的里子，不知又要有多少的更替呢。

人的成长终归是这样悄悄的。难怪宝玉当时要为此伤心。可我此时的落泪，也不必只为伤心。只因我的眼前，是这样一些自天机里生出的好女孩。

　　是日小满。我在办公室里写下了这些字。人生最美是小满。

当时年少青衫薄

中午的办公室,关上窗帘和灯,只有空调嗡嗡吐着冷气。我身边有个贝贝二年级时留下的枕头,印着101斑点狗儿正欢乐地吐着舌头。中午很困又没有枕头,便拿它枕着趴在桌子上。不很舒服,但已够打个盹儿了。

迷迷糊糊间,身后同事和儿子争执。男孩背起书包,用力摔上办公室的门冲下楼去。同事在身后喊:不想看见你,赶紧走!唐僧当时要孙悟空走,也便是这样的。世人的相互憎恨,必定要做到老死不相往来似的。仿佛唯有再不相见,从此心里即可太平了。其实各自心里都知道的,即便是眼前不见了,心里仍然是要有葛藤。

男孩走后,我也再睡不着了。心里想到年少时与母亲的争吵,也是这样的怨怼与激烈。可我的母亲比同事要柔软。每及我与她争执，她时常掉眼泪，背过身去。我当时却总是执拗地不愿先服软儿认错。每回都是母亲，从厨房里端出一碗面看着我吃下去，说着今天天气好，吃完一起去看花。

我如今总不去思想这些，悔意让我感到难过，像一脚踏空。人生有很多事，发生了便再无回头路可去修正，遗憾永无可弥补。我唯有在当下努力与爱她，才不教自己增添更多的伤心。

我这几日心理脆弱得有如玻璃。世间万物的有情无情，仿佛这些日子都生在我眼里。我看着，听着，思想着，都要那样地悄悄流眼泪。我必不是真正的悲伤，我是陷在这百色琉璃世界里，从各处照见了自己。

念慈

期末考试后的今天,无论如何要搬办公室了。想到接下来是整个暑假,便一鼓作气早早来收拾东西。天赐伸出脑袋,遥遥地趴在五楼的走廊阑干上挥手。有些意外,不承想还能见到他们。他是已经毕业了呀。

一径上了五楼,才知他和几个同学被老师叫来搬音乐室的乐器。同行的还有小陈和念慈。没有穿校服的他们,顿时分明了起来,一个人就是他自己。天赐很高,人也挺拔,一身黑色的运动服,的确是个运动员的好料子。念慈穿了件粉色上衣,一条奶白色的薄裤子。乌亮的长头发低低地绑在脑后,真好看。我叫念慈帮我一起搬办公室里的东西,她欣然答应了。我挽着她的肩膀走下四楼来,竟发现她是那么的瘦。

走进办公室,王主任问我,这是你的谁？我说,妹妹。他说,讲真的呢。是真的,昨天是学生,今天是妹妹了。念慈听了,笑眯眯地悄声问我,真的吗？我小声说,当然是真的。

搬办公室的东西可不是件轻松活儿。这里几乎堆放着我工作后全部的物品。学校发给每人一个大的大纸箱,我不好意思却又不得不拿了两个才勉强够装下这些东西。桌子底下那个粉色的盒子,里面满满当当装着小朋友初识字时的各种文具。有记忆拼音时所用的字母印花,还有花花绿绿的卡通贴纸。角落里斜斜地塞着一个铁盒,打开一看里面装着一年级时一个女孩写给我的信。粉色的彩笔写下了一句稚嫩的道歉,我匆匆看了一眼,又把它折回重新放进那个盒子里。想想现在这个女孩竟是沉默寡言,眼睛里的光都黯淡了下去。心里有些酸酸的。

念慈负责帮我把要用的物品放在纸箱里,我则选择哪些是要丢弃的,哪些是要留下的。有一盒新的钢笔,我送给了念慈。她中学时应该用得着的。念慈很开心。收拾的过程中,很多本子、笔我都送给了她。念慈开始有些不好意思。我说,没关系的,就当帮帮我吧,不然东西太多

214

了,我也搬不动啊。她信以为真,并因为自己减轻了我的负担而发自内心地笑着。整个上午,我们俩都在扔东西与收东西中度过。好几次我问,念慈累吗?她毫不犹豫地说,不会啊。

最后只剩下一堆书,准备整理好带回家去。打包了一个书包连同好几个纸袋子。念慈帮我拎了两个袋子,我自己则背着一个大书包。两个人还共同搬着一纸盒子书。走走停停,一路要绕过四楼走廊才到电梯口。念慈说,我来搬吧,我力气大。她一把夺过我手中的纸盒。其实,她哪里搬得动,那盒子有多沉,我自己是知道的。而念慈真心地爱着我,我也是知道的。我说,我们一起搬吧。挪移到电梯口,念慈才把盒子放到地上,长长地舒了一口气。就这样,我和念慈来来回回两趟才搬到车库。

我请念慈喝奶茶。这时她妈妈打了电话来,问她到家了没。她说,没有。问过念慈后,我才知道她今天是回爸爸家。妈妈只能在电话里这样关心着她。念慈五年级时,有一次她妈妈来办公室找我,说起和念慈爸爸分开后,念慈跟爸爸住,每天要独自坐一个小时地铁来上学,她很心疼。那一次,念慈妈妈哭了,我也哭了。她妈妈那次走之前,对我说,希望刘老师多关心念慈,她现在心里心心念念的都是你。其实她不说,我又何尝不知道呢。

念慈聪敏而谨慎,却满满都是单纯的心思。好多次,一群女孩围着我说这说那,念慈总是默默站在一旁,温柔地看着我。我能感受到她眼神里的那种因看到自己喜欢的人而生发的那种幸福。我为自己能带给念慈安全感与幸福而感到温暖。念慈为我单独组建了一个QQ群,把喜欢刘老师的同学都拉进来,彼此称呼对方为"榴莲粉"。在那个群里,念慈记录着我的生日,我的喜怒,我的任何一次的照片与心情。我都默默看在眼里,可我一次也不曾向她提起过。

奶茶送来了,我们面对面坐着喝。那奶茶是粉色的,上面加了一层乳白色的芝士。搅拌之后,粉白相间,有种少女的朦胧与羞涩,像我眼前的念慈。我当然知道,今天这一天对于念慈来说,是多么难忘的一天,能和自己喜欢的老师在一起,待上这么几个小时。但我们彼此都不曾说这些,只是有一句没一句地聊着天。念慈让我一时间回到了少女的时代,她让我的心里满满的。有那么一刹那,多想时光停下来,让我和念慈这样面对面坐着,喝着冰冰的奶茶，永远永远。

中午我带念慈出去吃饭。在车上，念慈不曾说什么话，但我知道，我们彼此都是幸福的。中午的菜很辣，念慈吃一口就要喝一口奶茶。我有些责怪自己的不体贴。好容易上了一份丝瓜，清清淡淡的绿色。念慈有些羞涩，我替她盛在新碗里，让她等凉了以后再吃。她很开心，说谢谢刘老师帮我夹菜。在我们都还年少时，很多喜欢的人替自己夹菜这种小事，都是惊天动地的大事。

吃完饭我送念慈去地铁站。我送给了她很多文具，她自己上午出门只带了一个小帆布包，上面画着一个乖巧伶俐的小哪吒。我另外帮她找了两个袋子，这样念慈就得拎着大包小包去坐地铁了。念慈下车时，我说要她慢慢的，不用急。问她有没有带钥匙、地铁卡，会不会转线。她都一一作答没问题，可是总觉得还有些什么没说。我竟不知道自己有那么多的话。

看着她小小的背影，拎着袋子走进地铁站。我的心里突然变得忧伤。前天的毕业典礼上，我以为自己在那样的离别时刻会哭，可我没有流一滴眼泪。今天与念慈这样地说再见，我却在车里哭了。因为我知道，可能这是我最后一次送念慈去地铁站了。也是最后一次，她拎着我送给她的笔和本子回家去。那个瘦小的背影，就这样永远定格在了我心里。前天的毕业典礼，轰轰烈烈的让人觉得不真实。离别不是那样的，离别是今日我与念慈的分开，没有告别时的豪言壮语，只有简简单单地千叮咛万嘱咐，路上小心。

祈求上天，愿念慈遇见善良的人。

惊蛰

歪在阳台的椅子上，窗外是阴湿的天。一时下起雨来，那真是《诗经》里的风雨如晦。想必天井处也早已是积水如碧。四处静静的，世界小小的盛满了这雨。不觉睡去，隐约有梦。忽闻窗外一声雷鸣，这才沉沉地醒过来。像《红楼梦》里炎夏午后打盹儿的甄士隐，也是这一声焦雷才终于把天机掩去，好险啊。

今日是惊蛰。二十四节气中各节气的名目都好听，活泼泼的都是干净清洁的新意。雨水、谷雨、白露、芒种、清明。惊蛰一日闻天雷，我今日中午闻得这声雷鸣，觉得自己也是天地中未曾被忘却的一朵小花呢。惊蛰之"惊"，真是好个妙字所在。若代之以"唤"，寓意唤醒蛰伏的万物，则过于纤柔，没有力量，不足以昭示这样的开天辟地。中国字就有这样的分量,有担当似的。

惊蛰之所以雷声震彻,据王充《论衡》所载,那是因为天上形如力士的雷神左手引鼓,右手挥椎击打而成。此时人间春雷大震,新一个春天就这样轰轰烈烈起了头。人们脱却旧时笨重冬衣,轻盈雀跃,蒙古皮、祭白虎、敲铜鼓、吃春饼……忙得忘乎所以。

惊蛰有三候,皆为好风景。其一候桃始华,次则仓庚鸣,三候鹰化鸠。我如今虽案牍劳形,心里的桃林仍旧在春雨浸淫间次第开着。桃之夭夭,灼灼其华,人间的《诗经》也是在今日便写下序章了。桃花总是和春天连在一起的,而古人又常以桃花喻美人,故而春天总是寓意着一种美。诗云,人面桃花相映红。这是美人与桃花互为照映,映出个别有洞天的造型。

惊蛰过五日,仓庚便开始啼鸣了。仓庚即黄鹂,然而古人的言语就有这样的好,"黄鹂"只有形,又以"仓庚"名之,则形与象俱全了。此"象"是物物比间中的大气象,故有一花一世界,禅是一枝花。两个黄鹂鸣翠柳,那一声鸣啁恰便是寰宇间的妙音。我如今识得了"草长莺飞"的好意来,那里有抛却旧尘的洒脱与清亮,人在这样的季节里都是要振翅欲飞的。满满的都是春天才有的故事。

鸧鹒鸣后五日，鹰化作鸠。倒不见得必是这般秩序分明。雷鸣的惊蛰，是万物都要抖擞振作的了，哪里还须等待！我先前是不知时岁里有自己，如今闻一声天雷，才知道自己也是这人间一朵小花。我与世间万物生灵一道于蛰伏中被震醒了。我看见了自己。满山满川里是自己，风声雨声里是自己，便是那枯叶的细纹里也都是自己啊。

今日是盘古开了天。顿觉日日是好天。

一花一世界

芯璇她们几个约我去植物园赏花,我早早便醒来了。走到阳台向远处望,那里是平静的春天的海。微凉的风,近前的叶子在这风里舞动,它是那样轻,那样柔。每一次与自然默默无言的相对里,在这昏昏浅浅的时间深处,便有种置身永恒的感觉。

我比她们先到,植物园门口早已是游人如织。天也是好天,风轻云淡,阳光清朗。四处是闹的,中国人说话总是热烘烘的一团喜气。即使耳机里的音乐自是来自另一个幽静天地,然而见人群在我身边的来去,心里也到底是洋洋洒洒生出一片好风情来。只是不知那植物园里的花,可曾经得住这样的热闹。

约莫半个小时过去,她们分作两路来了。我与阿凤在人群中先碰着。芯璇二人则晚些,排在队伍后头。小阮在电话里问我人在哪里。我因正瞧见广场中央立有一仙子雕塑,便告诉她:"我在仙女手指月的这端。"小阮笑道:"我们在仙女脚旁呢。"

四人总算是凑齐了,芯璇从包里剥了个橙子给我吃。我想起小时候每回见到奶奶,她便往我嘴里塞一颗糖,什么话都不说,就像现在的芯璇这样。可到底应该说些什么话呢。大约人与人之间的相亲,就在乎一箪食一瓢饮吧。

从门口进来,要走上好长一段的陡坡方才是花展。也有园区大巴车送上山,我们选择步行。我们四个慢慢走着,三言两语有一搭没一搭说些话。小阮和阿凤走在前面,我和芯璇牵着手在后面跟着。她突然又松开手,像一只蝴蝶,从我身边飞走,飞向路边的凤仙花旁,俯身拍一张照片。我们也不等她,只是慢慢往前去。

她拍完后,紧着步子跑在我们三个前面,倒退着往上走,嘴里笑着:"哇!这样走路好像很轻松耶!"她像一个很小很小的女孩,又发着光美艳极了。凤仙花层层叠叠的紫,也抵不过她笑起来时那些瞬间的光与影。

前来赏花的人很多,一路所遇都是上山下山的人潮。

走到半山腰的分岔口，倒是通往弘法寺的那条路上游人少了。我们这才意识到弘法寺就在此地，当下便改道上弘法寺。一路也是坡道，却是要比先前的路平缓许多。人少之故四周突然安静了，只三三两两的人不时从身边经过，也有从寺里下山迎面而行的人，都是悄悄的，我心也跟着静下来。一路走着，经过路旁那些葱葱郁郁的树与野花，什么都不说。觉得就听着这风摇树影，也是好的。

小阮说，就快到了。我这才瞧见浓郁的树林中，不知何时冒出了黄瓦白墙一道。飞檐翘角间，是隐隐约约的古意。空气里弥漫着枯寂的檀香味，那是禅的气味吧。人便也变得肃然起敬。

大雄宝殿前堆满了香客，原来前来礼佛的人并不比赏花人少。或许是当下的心意使然，只是觉得纵然眼前皆是行人，却心里眼里满是静静的。这样的静中，便生出好些念头来，每一种念头都是一种极致的、对生命之于自我的感恩：我眼所见，是世间最好的；我鼻所闻，是世间最好的；我耳所听，是世间最好的；我心所依，亦是世间最好的。在这无边无涯的好意里，我接过寺中义工递来的香，在佛前发一愿。愿这世间永远平顺、安宁。寻常得像我们每一个人的昨天与今天。

弘法寺里有座万佛殿。尚未踏入，便觉那佛堂里明晃晃一片，照眼得很。走近才发现满墙满眼的小隔间里，皆是卍字当前的佛相金身。身边的人介绍说，若是把这佛"请"回去，这佛便是属于这个人的了。我近前看那一尊尊佛像，果然每一尊下都写有各人的名字。原来人就是这样将佛"据为己有"的，我不禁在心里讶异。绕佛堂一圈，麻木地看着眼前佛像下每一个陌生的名字。突然在众多名字间，看到一尊佛像下赫然写着四字"一切众生"，我当即定住了，站在那小小的一尊佛前，静静地注视着这四个字，看到了一个广大无边的大而满的世界。

茫茫人海中的苦航，名字到最后或许只不过是一个无意的符号，"一切众生"才是我们唯一的真实不虚的身份。天地玄黄，宇宙洪荒，太初本便是如此迷蒙不清的，混沌里自有一种秩序。我不禁心想写下这四个字的人该拥有一颗多么清亮的心啊。"一切众生"就这样在无数个名字间变得神圣起来、宽广起来。这四个字里有无数个我，也有无数个你。无涯的你我之间，身份、名誉、地位、富贵皆如烟如云罢了。

我今日为赏花而来，看到一朵最美的花开是在心的最幽僻处。那朵花开里，我看到了无数个自己，又似乎什么都没有。

金刚怒目

　　真没想到电影《哥斯拉大战金刚》看完后，会久久走不出来。心飞走了，闯入了那个地心世界，咧开巨嘴的金刚正露出一颗新换的钢铁巨型牙齿，那笑容竟憨憨的，迷人极了呢。

　　佛经里面也有金刚。与菩萨低眉的画面形成对照的正是金刚的怒目。大乘佛教里以金刚形容如来藏空性，比喻心的无可摧毁，故又有金刚不坏之身的说法。

　　这部美国电影里的"金刚"（King Kong），原是一头叫作Kong的巨猿，缀以King是寓意其作为巨兽之王的地位象征。可见"金刚"是转译过来的。然而与爱丽丝、鲍勃、波比这类全然音译而无意义的汉译英名字比起来，将"King Kong"译为"金刚"，既保存了原名的发声，内里更有着东西文化之间很深的联结与纠缠，这真是天作的巧合啊。

剧中的 King Kong 正是外形慑人，又始终能真身不坏的法力无边的金刚。它是生活在地心深处勇猛的兽。那里可并非什么净土，一个号称刀疤王的猿类作为一股强大的邪恶势力对地心世界构成威胁。后来对抗的剧情便是无数次的百转千回，胜者为王败者为寇了。金刚与地表守护神哥斯拉结成联盟，打败了刀疤王。

哥斯拉与金刚一样，乍眼看去都是毫无美感的造型，血腥狰狞，绝非传统审美视界里真善美的化身。两只原本属于不同维度的巨兽之间的会面，最初必定是靠打斗的。就像革命总归需要流血与牺牲。看来异族之间的厮杀绝非人类的发明创造，任何生命体对未知与对立都充满了戒备与抵抗。这是近乎本能的吧。

哥斯拉与金刚的结盟，靠地心空间唯一一支古老人类族群沟通。这人类的分支，却很难定义是人类的过去还是未来。他们生活在一个无声的世界，靠意念交流读懂对方。那个空间里，漫天飘扬着意义与源源不断的心的能量。

这种以意念交流的方式，在读《三体》的时候同样遇到过。所不同的是,刘慈欣所写的三体文明是一种地外文明,与电影中的地心文明比较而言,这一内一外看似是一种认知与思维的角度差异,其实本质都是一种追忆——对人类从何处来的追忆。我们已越来越不像自己,越来越忘了人类的应然与本然,所谓的幻想与想象都是一种回想。

是否事实正是如此,生命之间的能量与意义交互完全可以凭借意念传递,而语言则是一种不怀好意的,被偶然发明出来的工具。最终认识一个人的,不是靠眼睛而是靠心。语言或许真的不过是众多沟通渠道中的最普通又最危险的一种,要知道人类正是靠语言发明了谎言。

正义战胜了邪恶,因这种善让面目狰狞的哥斯拉与金刚化身为一种美。这种冲突具有极大的唤醒力。由最初对海报上两个巨型怪兽嗤之以鼻,到最后走出影院时对它们充满温情,让这种改变发生的正是那两颗正义勇敢的心。

用眼睛看到的并不是真的。丑与美、善与恶只能靠心的能量去体悟。因为真善美与假恶丑是没有形,唯有质的。金刚怒目原来也是为了示现慈悲。

江山有思

　　所居处穿过一条市井小径，便可到海边。昨日黄昏时，天边那一卷红霞很美，便信步往海边走去。一路上行人如织，是寻常巷陌里才有的风情。到了海边，天色早已暗下去，原先迷人的那一朵晚霞已落入山腰后，只留下天空里灰蒙蒙的一片。

　　我最喜王徽之，他的访友乘兴而来，兴尽而返，倒不见得一定要遇到那个想要见的人。苏轼的寻张怀民比之亦要逊色三分。这才是魏晋风骨最迷人的地方。而我们如今却很难做到，因为每个人都求一个目的，感觉不到过程的美妙。我如今因一朵红霞来至海边，它散尽了却不觉得怅然，因为知道我也可以不必刻意为它而来。人生更多的美大抵出自偶然。所以徐志摩才会说自己是天边的那一片云,偶尔倒映在你的波心。一刹那的电光石火胜却朝暮相依无数。

　　苏轼的词里有一首意境极好,也是出于这偶然。那是他记载自己的一次夜饮,归来时家人都已熟睡,无人开门,他只好独立门外,倚杖听江声。每回读到这首词,都要笑起来,因为这词中人不再是那个高高在上的文化符号,而是一个如此平凡甚至有些狼狈的醉酒老人。他突然变得会呼吸了。词的上阕是这样写的,无妨恭录在此:"夜饮东坡醒复醉,归来仿佛三更。家童鼻息已雷鸣,敲门都不应,倚杖听江声。"

　　倚杖听江声。我是读到这句才知道人的寂寥,以及在寂寥中生出的悲切、迷茫都可以是这样安静本分的。像庄子说的天地有大美而不言,一个人就可以是一片天地。在下阕中苏东坡很快面对一江东流水时,沉入一个迷茫心境中:"长恨此身非我有,何时忘却营营""小舟从此逝,江海寄余生",比起老夫聊发少年狂时的苏东坡,这时的他更贴近每一个普普通通的人。因为他会痛,会苦,会因不知前路如何而陷入忧思。

　　岸边粉白的栏杆旁零星坐着人,我也找了一处石墩坐下来。坐下来，远处是橘色探照灯光漫漶的海面，层层叠叠的一浪一浪推涌而来，哗然作声。古人说，所爱隔山海，山海不可平。我如今心里不太平，却不见得一定要面向这山与海怅然一番。情到浓时情转薄，大概也是这样一种阴阳与转圜吧。

不远处是低矮的山峦，恣意起伏着。我看着它，竟觉得这天地间无言的一切都是好的。川端康成曾经看到过最美的大海，晶莹多芒，寂静无边。虽然最后他自绝生路，但曾见过最美的世间应当无憾。当夜东坡空对东流水，作一番江海寄余生之叹，我如今倒不见得有他的豁然。心里只是静静的，所有的思绪似可怜天边月，不解风情地映照着，无有风波。

我写过很多的字。或为自己，或为他人。而我如今翻阅起来才知道，那一切恩怨里写的都是自己。李白说，但愿长醉不复醒，苏东坡也写过世事一场大梦这样的句子。我做过好些梦，最繁闹处是十三四岁时，因害怕孤寂结交了许多朋友。当时从不知人生的际遇，多半竟是知交半零落。如今只身坐在南国海边，回想前尘旧梦里那点墙外秋千的单薄快意，便常常要低头莞尔。我如今读了人间有味是清欢,才知诗里所写的这些是好的。

近来读宋词,喜欢上王观的调皮。水是眼波横,山是眉峰聚。他不问友人归处,只说是去那眉眼盈盈处。我读了便知道他才是诗里说的江山有思。世间万物,人生百代,他都放在心里。便暗自感叹世间真有这样的人,活得洒脱而有风致。

我如今写了这些,又觉究竟什么都没写。笔端千绪,不过是张爱玲挂在公馆前的那一轮月亮。它没有完,也完不了。

尼泊尔行记

壹

宝安机场 05 号门。远远地听到有人叫我的名字。公众场合听见有人叫自己的名字,毫无遮拦,有种直见性命的忐忑。她们三个并肩站着,各自拖着行李箱,对我挥手。芯璇和小阮确认眼神后对阿凤说:"我们赢了。"我好奇:"一早就赌?"小阮说:"我们在猜你今天穿什么衣服。"芯璇说:"对啊,阿凤说你会穿黑色。我和小阮说你一定是白衬衫牛仔裤。"欧阳修的词我最喜欢的一句是"原是今朝斗草忙。笑从双脸生。"女孩子们的喜乐都生在这种浅淡却丰盈的琐碎里。

我们边说边去托运行李。从这一刻起，旅程已经开始了。未来的几天我都没办法像平日那样独自待着，然而我又知时时刻刻都在与自己同行。芯璇说："我总觉得你今天哪里不对。啊！头发直了！"我说："是啊，再不弄直它我每天简直要疯的。"直到我最近把指甲上所有的颜色褪掉，头发染黑拉直素面见人，我才肯相信自己最合宜的状态是这样的清且淡。古人在菱花镜上会镌上"怡乐未央""长毋相忘"的字样，那是在时时提醒自己庄重与自持。艳丽的点缀，这样寻常的我其实根本没有妖冶可以去匹配。如果人人是玫瑰，那我仍做自己的栀子罢。

每晚的分房间，都决定采用抽签的方式。方法很简单，用四张扑克牌定分晓，两两成对。第一晚我与芯璇一间房，因为我们都抽到了 Q 皇后。阿凤与小阮二人则分别抽到了大小王。

这一天都奔波在路上，先是飞到成都转机。到了成都我们去吃了一顿火锅。芯璇爱吃番茄，她是在吃穿用度上皆这么甜的一个女孩。她说，她是不能拒绝食物的，所以她什么都想去尝试。当她把一整盘鸭血倒进锅里时，我心里还是本能地一刻惊异。我不吃一切内脏，当然包括动物的血。每当餐桌上不可避免地看到那腻腻凝固着被切成薄片的鸭血、猪血，便会想到这曾是维系一条生命的洪荒啊，如今竟也成了盘中之物，当下便生出一种不自在。

汤汁咕噜咕噜沸腾起来，鸭血逐渐由暗紫变为浅灰，中有气孔。芯璇她们高呼："熟啦！开吃！"一人一筷子夹入嘴里，满足地吞咽。我则只吃笋尖与豆腐。

吃过饭，我和芯璇去隔壁打印店打印护照相片。老板是一个中年男人，眉如浓墨，不知为什么这让我想起阿米尔汗。冲印照片的空当，老板说了一些关于尼泊尔的事情。他说，去那边的人大部分都信佛。我和芯璇说，我们不信，我们不是佛教徒。但我心里知道虔诚和信仰与非教徒之间并不冲突。世间事有很多事情，是不必也不可有名分的。

在成都停留的这一天，我们一行人去锦里逛了一圈。绿杨荫里，游人如织，到底是炎炎夏日啊。有一瞬间，仿佛又回到在鼓浪屿的青石路间度过的那个夏天。那时我们在一起，有一滴融化的雪糕落在一个女孩的衣襟上。

回房间后我累得倒在床上。闭着眼睛听芯璇在房间里走来走去，心里只觉踏实。她是个可爱的女孩。那天我喉咙发炎了,中午的火锅加剧了她的痛感。倒在床上,感受着喉咙里一次次吞咽的艰涩,我什么都不说,只想着明天便好了。

白天在锦里,一个斜斜地编着麻花辫的女孩对我说:"你像石原里美,好像啊。"我无知到不知石原里美是谁。芯璇打开手机给我看这个女孩的照片。有时我觉得自己被世界抛却了,是新潮翻腾里一颗沉淀的小石子。而我有时又觉得自己就是一个世界。

晚安。

2019.7.25

贰

天未亮我已起床。芯璇还蒙在白床单里,呼吸轻得如尖尖的草叶上一颗露珠。整理好自己,不一会儿小阮和阿凤便来敲门了。我们在房间里说了一会儿话,等芯璇起床,刷牙,换衣服。我们前前后后穿过昏黄的走道,可能还没有完全睡醒,一路无人说话,早晨是如此寂静。

穿过曲曲折折的长廊去餐厅。花坛里的花儿开得艳艳的，我却叫不出它们的名字。天还未大亮，清清淡淡。我心头有种忧伤，如眼前这一朵粉色的小花在枝头微颤，却不知为何。或许曹操的"忧从中来，不可断绝"也不见得一定是要当着什么事，只是一种生命能量的流动罢。

吃完早餐，我们乘酒店的车去往机场，同去的还有三位男士。彼此无话。我们与他们只有共度这一程的缘分。人生也是这样一种摆渡，同行人不见得便是性命相知，不过是结各自的果。

候机时，小阮找了一排空位躺了下来。芯璇阿凤二人则各自玩手机。我只是坐着。看行人来去匆匆，托着行李箱办理手续，停在路中央打电话，聊天。有时也看自己。清晰地觉知到自己的每一次呼吸，每一次内里生命的流动。我真实地在这个世界上占据着卑微的一点，并在这个微茫的小宇宙中极力勾勒出自己。

不知谁提议，先把今晚的分房定了——抽签开始。我心里想和芯璇一间，可我只是不说。迷迷茫茫地只顾参与，这种冒险的快意让人感到刺激。真好啊，我和芯璇又同抽到 Q 皇后，我开心地跳了起来。是感恩老天爱我吧？

上飞机后，我们分散在前后两排。我与阿凤一排，我坐当中。靠窗是一位尼泊尔妇人。她来得迟,穿着绛红色纱丽站在过道不住地对我说"Sorry",令我在这样不明所以的歉意中先就不好意思起来。想起有年去巴黎,坐我旁边的法国男人无论乘务员说什么,他总是一副木讷而冷峻的样子大喊着"No"!我想人与人之间若真有不平等,其实还是自我的选择。只有自己才能降低或提升自己的品格。

妇人饮食很慢,待她用完餐后收拾餐盒的乘务员早走过。她显得有些焦虑,也许这焦虑并不止于此。她对我说尼泊尔语,我无法听懂,心里有些抱歉。沟通后我知她会英语,便与她简单聊了起来。我说,替她把垃圾处理掉。她开心而感激地轻拍我的肩膀。我看到她深邃的眼睛里有一道光,她是多么美啊!整个旅程她脸贴着舷窗,她为自己开辟了一个安宁寂静的小世界。

坐在后排的芯璇与小阮非常亢奋。问其缘由,才知她们正为那个帅气的空乘心花怒放。她们不时地呼叫服务,只为看其一眼。待他走过,便开心很久。原来有种快乐是可以很简单的,可是我却没有体会过这样的快乐。但那又怎样呢,我在活着,我在走我的路,并在这路上看到了这种快乐,虽然它不属于我。王昌龄在《采莲曲》中描绘过这种轻盈的快意"吴姬越女楚王妃，争弄莲舟水湿衣。来时浦口花迎入，采罢江头月送归。"此时的芯璇与小阮，就是这笑声里的女孩啊。

飞机降落后的震颤已复归平静。此刻开始，我生命的坐标上刻印着尼泊尔这个崭新的小点。身旁的妇人向我做分别前最后的告别。她说，这是第二次去中国，她永远不会忘记那是个美丽的国度。她祝愿我们在尼泊尔能度过愉快的光阴。这是我们此番旅途的第一次四目相视，我看清了那双古井般清澈的眼睛。岁月让她学会了沉淀，恰如其分地让心底的真意莲花般生长出来。中国的"君子之交其淡如水"说得真是好。

手机接收到来自尼泊尔的信号，中国的一切此刻离我已是那么远。我也不怅然地思念它。但心里知道，自己是杜拉斯正站在渡轮湿漉漉的甲板上，她离开此岸去往彼岸。湄公河碧波万顷里，滚滚的都是她此时无声胜有声的落寞与深情。

尼泊尔的机场小而简陋。四处是花花绿绿的广告。想起初次所见的日本，与尼泊尔真是各自站在审美的两极。一个朴素雅致，一个追逐各种颜色之间强烈的碰撞。两种文化注定浸淫出自成一家的美与风情，像人生的多棱。迎接我们的导游是尼泊尔人，叫阿迪。他高高举着纸牌，其上写着"刘阿凤家属"，遥遥地向我们挥手。他那一口流利的中文竟然是自学的，我们都感到讶异！没想到中文这种古老美丽的语言，在异域视野下也依然充满魅力。

坐在小车上，可一览尼泊尔的样貌。阿迪说，如今的尼泊尔与二十世纪六七十年代的中国社会相仿佛。他说这番话，毫无任何妄自菲薄的意思，单纯真诚地将自己的国家介绍给远渡而来的客人。这令我肃然起敬。人最可贵之处是能够不起分别之心，不论彼此的优劣尊贵，唯简单地直面对方。像落花与流水的彼此相照，无情地相知与相交。阿迪就是这样天然的妙人。

一如阿迪所说，车窗外的加德满都街道狭窄，挨挨挤挤开着各类小商小铺。黑色橡胶电线随处可见，乱麻般纠缠不清。车过处黄土纷纷扬扬，飞尘仆仆。整座城市一片晦涩，像个谎言。

阿迪说，这次旅程我们要去蓝毗尼。那是佛祖出生的地方。虽然这是既定的行程，可是他提到蓝毗尼时，那一刻我的眼泪仍旧涌上来，心里充满了一种无名的莫大的感动。这种内心的动荡，是无人能分享的。它完完全全属于我自己。我感受着每一次每一刻生命最深处发出的声音，震撼、感动、鼓舞、飞扬。那都是我生命之河淌过时的痕迹啊，我将其深藏于最深的记忆匣子里。也许来生便将靠这些记号与今世相认。

尼泊尔是个阴晴不定的国度。所以当地人出门皆带雨具。短短一个下午，便遇上好几场雨。通常一大片乌云突如其来，雨便落下来。猝不及防的大多是游人，当地人只是从容。她们知道落雨只是暂时的，不久便日出云开。这就是人在与自然的共处间生出了信赖。我相信你一定会来，也许有时会晚一些，也没有关系。

我们坐在屋檐下等雨停。狗躺卧于人群中，大胆的！行人嬉闹走过，它们依然不动声色。倒是怕狗的行人多有躲避。坐在屋檐底下，清凉的雨飞溅到脚边，这正是夏天的味道。学生放学了，三三两两前来。路过我们身边，好奇地瞥一眼，笑嘻嘻地跑开。有个女孩穿一身紫衣，丁香那般的艳，两条粗黑的麻花辫垂在胸口，系着两朵绿色蝴蝶结。她看向我的时候，我也正看着她。我对她笑着，她也咧开嘴笑了，那一瞬间天地小了，唯有我和她似的。前世的五百次回眸,才换来今生的擦肩。她唤醒了一段我与她很久之前的记忆,也许我们是两朵花,又也许我们只是一场过于匆匆的夜雨。

那双眼睛清澈得让我沉醉。

这一日我虽身困体乏,然心里却历经着此生也许永远不可再来的风雨。感恩。

2019.07.26

叁

昨晚住在山顶的房间里。车子拐过泥泞的小径,一路颠簸。一行人疲倦地下车。进入大堂,尼泊尔皮肤黝黑的店员接过我们手中的行李,笑得一脸真诚。鞋子踩在木质地板上咔咔作响,白日的泥沙早已风干,从裤管、鞋边滚落下来。

回到房间后,我的鼻子已经无法畅通呼吸,身子软下去。被褥是阴湿的,气温一时间骤降,犹似寒夜。我把身子洗热躺在床上,芯璇则盘腿坐在邻床与我聊天。她说,总觉得自己比不上别人,她也做不到出类拔萃。我知道这些都是在工作中的生出的烦恼。我说，你这是庸人自扰。她说，不是庸人，而是佣人。我想她终有一天会翻过去今日这些困顿的。很多的烦恼都出于自我与他人的比较。福克纳曾落魄到写违心的剧本而不可有自己的姓名，他不知自己的人生将来会攀上一座高峰。人生像俄罗斯套娃，总因有未知而让人惊喜。

聊着聊着芯璇也钻进了被窝，两个人这便都睡下。窗外一片沉寂，而我知道那一片浓郁得黑绿的密林就在我的窗边。只要我愿意，只消轻轻推开窗子，那一树花叶便将与我在月光下顾盼相映。枝丫上那一只结网的蜘蛛，不知忧欢地正等待猎物。

我们约好明晨一起看日出，兴奋极了。带着这样的期许睡去。早晨五点闹钟一响芯璇便起床了。她很精神地拉开窗帘，玻璃上水汽氤氲，隐隐可见一抹天蓝。想起了李商隐的诗"蓝田日暖玉生烟"，我想也许正是这样的一种朦胧与洁净。

感冒似有加重，每一次睁眼与吞咽皆艰难。芯璇过来摸我的额头，背光下我看不清她的脸，她是一个近在眼前的巨大黑色剪影，那个剪影就这样刻画于我的心上，永永远远的。她说:"我去大厅帮你打热水。"说着早已推门出去,带上门的时候,她说:"我马上就会回来的噢。"门吱呀一声关上了。四下里又安宁得仿佛隔世,这个热带伊甸园丛林深处我正忍耐着一场重感冒,等待着芯璇拎着满满的银色热水瓶回来,心里满满的。

我挣扎着爬起来。新的一天开始了,这是我生命中全新的一刻。下一秒,我便要永远失去它。李白说人生得意须尽欢,只因这里面有奔流到海不复回的无奈。生命的时时刻刻,我都不想草率。芯璇回来了,她的圆帽子让她看上去竟是那么的小,淡紫色的薄外套拉链紧锁至下巴,露出圆圆的脸蛋,是晨雾下一颗放着光的小珍珠。唐诗里写道人面桃花相映红,她比桃花还要美。

我洗漱整理时,她坐在桌边与我说话。没有网络的生活,人与人又变得如此贴近而无间,像回到了小时候。我说,我们来编故事吧。

"好呀! 你先开始。"

"我想想……有了:很久很久以前,有四个简直'难以形容'的女孩,来到了一片从不下雨的雨林。到你! "

"嗯……第一天,这四个女孩发现了一个树洞,走近一看……啊！天哪，她们居然发现了……"

"啊！就这么一句?!"我正在把行李打包，其实根本没留心她说些什么，便胡乱接下去，"她们居然发现了……一只粉色的白蚁。一个穿着紫色衣服的小女孩正走近它，睁着她的圆溜溜的大眼睛，说……"

"白蚁呀白蚁，谁是这个世界上最美丽的白蚁呢？"我刚要接下去她抢住了话头继续说下去："没等白蚁开口，小女孩说当然是我呀！于是，白蚁死了。"

"白蚁是被小女孩的臭美笑死的。这真是个关于白蚁的悲壮故事。全集完。"

说完，我俩笑得扑倒在床上。

"走吧。我好了。"说话间，我们便攀上顶楼。竟早有人起来了，三三两两举着相机拍远处的云海。白云重重叠叠，一大片一大片的，映在蓝得不真实的天空上。一时间我体验到巨大的感动，这份感动很有些重量似的，沉沉压在我的心里。山气日夕佳，飞鸟相与还。一瞬间，我便懂得了陶渊明，我正是那只振翅的飞鸟啊。徜徉在喜马拉雅雪山绵延的云山海雾间，日光的金轮点亮我的羽毛，我在燃烧。一切都在当下的清晨泄露出造物主的密意，我仿佛站在时间的起点与终点。

吃过早餐我们便上车准备下山了。车程很长，七个小时。阿迪说，其实要去的地方不过 200 公里。有人说："在中国这不过两个小时啊。"阿迪说："尼泊尔没有公路。都是盘山小路。但过十多年我们很快会有公路了。"我们有朝发夕至的交通，而我们那么快到底是为了追逐什么呢？钟鼓馔玉不足贵，若不懂人生最真实的分量与珍惜，人便将落入浅薄。

阿迪说，尼泊尔的人感觉幸福。真的吗？来自团友的质疑。这便又是今日的庄子与惠子的濠梁之辩了。原来子非鱼焉知鱼之乐，其实是对他人生命的尊重。阿迪说，当然是真的啊，尼泊尔人感到幸福。我相信如他所说，尼泊尔人活得幸福。阿迪的真诚与朴实真让我心里喜悦，他是这样一个干干净净完完整整的灵魂，我看得见他的光。他正是一江明月碧琉璃。

想起昨晚睡前，芯璇也问过我这个问题。她说，这里天天停电，谁受得了呢？人的有些苦在于比较。有比较必会有挣扎。有挣扎缠缚则会更深，最终把自己绑住，如蚕的作茧自缚。尼泊尔活在中国的过往，他们很多人不知外面的世界早已腾空于一个旧时代之上，所以他们眼前所见便已经是人间的最好了。

车子还在路上。窗外是泥泞坎坷的乡间小道。骑摩托车的男孩戴着灰色的头盔，与我们的车对面驶来时放慢了速度。他正抬眼看见了车上的人，宽厚的双眼皮大眼睛从头盔透明夹板后看过来，露出一道浅浅的弧线。我们是相识的啊，他就是一个邻家小男孩早晨从集市回来，他和我们都在这人世里过着日子。

阿迪说，尼泊尔语言里没有"谢谢"，他们不会说谢谢，必要时用微笑来表达欢喜与感激。这份内敛与自持里有一份很真的庄重，像佛祖的拈花与微笑。一切都在无言之中，在无言里开出一朵花。我又想起昨日下雨的屋檐下，那个对我微笑的紫衣女孩。只缘感君一回顾，使我思君暮与朝原来可以简洁得不像在说爱情。

车沿着盘山路一路向南。右侧是喜马拉雅雪水激流，一直远渡汇入恒河。路窄车多，颠簸厉害时车身几欲翻越下坠，好不怕人。下山时，路遇一辆农用车刹车失灵，侧翻至路边深沟，人与车都无法动弹。我们的司机下车，双方微笑着轻言几句，他伸出强壮的胳膊一把将农用车司机拉上来。继续启程。平静得仿佛无事发生。

阿迪一路介绍着自己的尼泊尔。时而唱起了歌。唱的是邓丽君的《你怎么说》，真令人诧异而惊喜啊。唱到那句"把我的爱情还给我"时，他腼腆地笑了。这样写爱情的真是直接得让人心惊，我想《诗经》里的朴素与大方或许是它的源头：氓之蚩蚩，抱布贸丝。匪来贸丝，来即我谋。又有卓文君的"闻君有两意，故来相决绝。"都是热烈的女子。

他还唱了一首尼泊尔情歌，名曰《木棉花飘》。歌里唱着男子爱上了山那边的女孩，日日思君不见君，便愿化作木棉与春天一道飘去她的面前。这则又是中国文学里的"兴"了。谁家玉笛暗飞声，散入东风满洛城。阿迪的歌声就是这热带里扑面而来的风。

听着阿迪唱歌，偶尔看着窗外，竟不知几时换了景致。山地不见了，目之所及是浓郁的棕榈与芭蕉。这正是电影《阿飞正传》里的那个挥之不去的馥郁之夏吧？他突然提议大家一起唱歌取乐，每人轮流唱。却无人响应。我小时候与小朋友游戏，也有阿迪今日这样的认真。连唱歌、舞蹈、游戏都要约定一种规矩，当着什么大事似的一本正经地玩。反而人长大后连当众游戏都变得难为情，真是难解啊。这是成年人心里已有了一个分明的自己，小孩则心中无我，一派天然。

面对阿迪的提议，大家的沉默让我心里有些难过。愿君笑看千秋尽，归来仍是少年郎。多么希望能够是这样的啊。最后还是他自己下了台阶，耸耸肩说："瞧吧，我们的快乐就是这么简单的。"这摇摇晃晃的车厢里，有一个人正羡慕他的简单，他知道吗？

晚上住在奇达旺森林旁的酒店。放好行李后，我们沿着小巷去看日落。街道两旁是当地人的居所，都是低矮的小房子，约莫三层楼高。一楼是各色商铺，出售简单的日用品及女人的披肩。无人光顾时，老板便坐在店内望着路上来往行人。

忽闻身后人急急地唤避让，回头才发现是象群要归家。动物里有灵性者大象当属其列。我顶爱这种动物的。退避于道旁，见一路大象前前后后紧跟着走来。耳大似扇，腿粗如柱，每一步都走得踏实。大象们走过我眼前，我如此清楚地看到了它们的眼睛。长长的灰色睫毛，乌亮的眼珠，深藏着亮晶晶的秘密。

晚上吃完饭一行人去看当地表演。那是一个陈旧剧场，灰扑扑的。空气中弥漫着泥土与汗的味道。水泥砌的舞台，劣质人造革的长条形座椅整齐摆在台下，这便是观众席了。小时候看电视里有这样的镜头，人们劳动完一天聚在广场上看露天电影，黑白粗糙的画面丝毫不减其观影热情，个个聚精会神脸色喜悦。我每回看到这样的场景便很疑问，他们看得清听得明白吗，这是多么乏味！直到我如今置身这个简朴到近乎戏剧性的剧场，才知他们看的并不是表演本身，而是一种人与人在一起时的喜气与情结。

进入剧场后，早已来了不少人。游客有之，当地居民亦有之。离演出开始仍有几分钟，周围人声沸腾，我们静静坐在位置上。晕黄灯光下看不清身旁人的脸，唯有舞台上简陋的背景昏亮昏亮的，像一个醒不过来的梦。远远望去，那舞台背景是漆在水泥墙上的画，如今早已陈旧褪色。画上是阔大无垠的稻田，金色作底，许是寄寓丰收。农人弓腰于田间，有男子亦有女人。这画面令我想到了耶和华的创世纪，也有如此开天辟地的好兆头，而这画比创世纪更为真实。那是一个人们亲手开辟的世界，比神之所创更亲。

演出开始了。一群男子分列两队,各自从舞台一侧水泥门洞走出。白衣服已成土色,下着单薄拖鞋,其中有几位干脆鞋袜也无,光着脚。中有二位年岁稍长者手打腰鼓,那是整个表演的全部节奏,除此再无任何旋律。表演男子的脚步与粗犷声音另自成一律,他们手持竹棍,踏着简单的步伐互相敲击,增添气势。单一的节奏,久时便有些乏味,游客开始低头玩手机,前排当地居民则仍然端坐如初,欢喜鼓掌。他们正是我年幼时从电视上看到的人——快乐的人。

一旁的阿凤问我,他们在跳些什么唱些什么。我说,大概是丰收的喜悦吧。这样的表演我此前并未见过,它们有股天然的野性,似中国民间劳动号子的振奋飞扬。我想生命之初,或许便是生于这样简单重复的节拍里,敲响生命的节律。

回来的路上,芯璇惊呼:"哇!有星星!"我们抬头看,漫天繁星璀璨得那么不真实。我无法描述那晚星空的美妙。我已经很久很久没有见过星空了。手可摘星辰,原来是真的。

2019.07.27

肆

今天是我生命中最平凡的一天。但它又是那么珍贵。我想称它为"大象日"。

早晨乘当地敞篷车前往渡口。车子沿田间小路穿行，两侧是农人的稻田，青翠葱茏，蓬勃着巨大的生命力。时有白鹭展翅低飞而来，我在心里暗暗感叹，漠漠水田飞白鹭竟是这样轻盈慷慨。车速很快，偶有居民骑自行车从路口拐出，彼此也必不减速，这条路他们再熟悉不过，每一个清晨与薄暮都是起于斯止于斯。

来尼泊尔这几日，我能感到有很多隐秘的记忆正在被唤醒，身体里有一个小小的点在复苏。想重新回到一种久违的秩序与平衡里去。

车子在河岸边停下。我们要乘独木舟渡过拉普提河道，前往森林。那是一种由整棵树干拦腰挖空制成的简陋小舟，呈狭长形。由船头行至船尾，仅容一人通过。四五叶小舟搁浅岸边，我们前后紧跟着摇摇晃晃登舟而坐。阿迪在一旁不住提醒："大家不要发出声音，以免惊扰动物。"

我们这才知此处为原始森林，野生动物时有出没。河里有鳄鱼。不禁警觉起来，可是想要反悔，已是不能够了。小舟已开始逆流前行。

一群闹哄哄的人即刻安静了，唯有普拉提河水哗然向南淌去。船夫稳稳地立在船尾撑船，同行的还有森林向导达姆，他也是尼泊尔人。向导达姆站在船头，与船尾的船夫配合着保持船身的平衡，同时指引方向。

我们坐在小船里安静地看两岸。雨季的拉普提河浑黄湍急，奔流入恒河。岸边杂草丛生，视野并不开阔。天地间只剩天蓝、草绿、土黄这三种颜色，这是辨识度极高的热带丛林独有的配色。

不时有无名的鸟类从远处的天边飞来，或落入丛林深处，或栖于水中断木上，定定地看向我们。它们有着鲜艳的红色羽毛。一个枯树桩在水面沉浮，一只翠鸟停于其上。这是我第一次看到翠鸟，它妖冶神秘的蓝羽毛在阳光下放着光。又有一只更大的，沿水面低飞而来停在一旁，两个静止对立的生命个体就这样相连了。新飞来的这只翠鸟背部有更鲜亮的橙色翎毛，较另一只更夺目。它们发出几声啁啾，古老的丛林便有了鸟鸣山更幽的意境。

人声消失后，大自然的声音从四面八方涌来，一如眼前这条拉普提河。我想这是生命最本真的状态——天地一切都是寂静的。在静里我们看见、听见，灵魂深处的那些激越与昂扬是近在眼前的真实不虚啊。

　　忽然听到天外飞声，空灵悠远的。达姆说那是孔雀。我们忙着抬头去寻找孔雀的身影，却一无所获。孔雀的叫声仍旧远远地从云端树影里传来，一声高过一声，像是知道有人正在等待，它们久久不愿离去。孔雀东南飞，五里一徘徊，想它果然是这样有情。

　　船头的达姆手指岸边草丛悄声道："鳄鱼。"我望向他手指处，要仔细看才会发现一只鳄鱼正匍匐草丛间，张开长长的嘴，露出尖利的牙齿以示不容靠近的威严。我每看见鳄鱼，便感觉时间的静止。它是以不动映照当下，令周身一切皆收敛了起来。

　　各种动物不时从草丛一跃而过，又终消失于丛林。这里是真正的自然，一切众生依自性而生。达姆说，有时犀牛会出来漫步，梅花鹿亦来河边饮水。说话间，不远处一只大象正蹚过河水去往对岸。大象在渡河，每一步都走得那么踏实。

我坐在小船上，全身心融化在寂静里，唯有流水声载着思绪曲折流淌。一切都慢了下来，左岸无边无涯的草原，右侧望不穿的森林徐徐地往后退去。在神秘而敞开的自然面前，我卑微得充满敬意。耳机里循环播放的是《Damascus》，这支曲子在这样的丛林与流水间绽放出它原本的样子。

靠岸后，我们开始徒步穿越森林。"这是原始森林，要当心野生动物出没。"达姆一再提醒我们。我的不轻松也不是因为害怕，而是敬畏。大概刚下过一场雨，森林里的路泥泞不堪，稍不留心便会有滑倒与深陷的危险。我几番失足踏入泥潭，若不是同行的人及时搭救，人仿佛可以一直软腻腻地陷下去。

每走一段路，便能看到各种动物们出没的痕迹。我记下了犀牛、孟加拉虎与野鹿的脚印，并想象着它们在这深林威风又端庄的出行，在有星星的晚上，它们仰着脖子望向深远的夜空，发出一声呐喊，连天地皆要为之一颤吧！

走在前面的达姆突然停下来，指给我们看白蚁的家园。若非亲眼所见，无论如何不敢相信眼前这座一米多高的砖红色土堆，竟是那么渺小的白蚁垒筑的家园。它已为一股巨大的生命能量和漫长时间的作出最生动的注脚。真是动魄惊心啊！在这个星球上，一个原始森林的某处，成千上万个生命个体正竭尽心力建筑着自己的家园，并长久地栖身于此。达姆随手抓了一块那土堆下来，摊在掌心，一股蚁群泉涌般四散开去。它们惊慌地奔逃，绕过达姆黝黑的手指，去开辟山重水复的新的荒原。

同行的人举起了相机，赶紧拍下这一幕。有人问："你不怕它们咬你吗？"达姆笑言："我们不怕动物。"我在这句话前竟深深感动。只有将自己投身于自然，热爱与接纳自然中的一切生灵的人，才能轻描淡写地说出这样的话，他们是最朴素的哲学家，深知人与动物无异，皆为造物主手中不经意的一刹那，物物相应，有何所惧？只有隔膜，才会惧怕。

穿越丛林后，我们一行人早已疲惫不堪。忽地见到不远处的象群，瞬间又兴奋了起来。说不上什么缘由，每见到大象，我的心便温柔地融化一回。它们的眼睛单纯得像孩子，总带给我治愈的力量。我们近前去看，见成年母象与小象们正嬉戏打闹，一只小象躺在地上，另一只大象用长长的鼻子卷起它的小耳朵。一只小象发现了我们，摇摇晃晃地跑过来。我简直不敢相信这是真的，它不害怕我吗，它会愿意靠近我吗？

然而它真的来了。就在我眼前，还用湿软的鼻子钩钩我的手。它离我是那么近，我恍惚得连呼吸都似静止了。我感觉自己深深陷入一个什么所在，原来当另一个生命对自己交付信任与包容时，这份千斤的情意压在我整个身心上。我要如何报答这份亲昵呢？感郎千金意，惭无倾城色。我就这样低到了尘埃里。我抚摸着它，天真的小象啊，用手掌感受着它每一寸粗糙的皮肤。那一刻我们彼此的生命之流是如此贴近，直至交融。我将自己全然交给了它。

下午仍是去森林，没有船，首先得去选一只大象驮着我们过河。远远地，大象们在草原吃草，时而卷起鼻子，张着嘴时似在笑。不知哪一只象正在等待着我，并与我度过短暂却难忘的两个小时呢？这样想着有些期许，又有些落寞。因为知道遇见的第一刻起便开始计时分别。

我们四人上了象背。当我抚摸它粗糙的皮肤时，心里十分难过。我深知自己身为人的渺小，如今人却企图用一根绳索掌控它的命运。真是可笑极了。就这样上路了，蹚过湍急的河流，我们开始步入深林。大象一步一个脚印踏踏实实走过泥泞路。有时路途颠簸，旁边的人吓得尖叫，我虽也紧张，但又分明知道我早已将自己交给了它，并全然相信它。这令我心安。

一路往森林更深处去，动物们多了起来。一只梅花鹿在不远的树底惊恐地望着我们，我们与鹿彼此相对。那种震撼人心却无言的生命汇聚，在我心底冲击着。不远处一只犀牛躺在水潭闭目养神。大象停下来，像遇见一个老友。犀牛角弯弯隆起，却并不让人觉得这是敌意，心有灵犀的情深竟然是在我与一只犀牛相对时体悟到的。

一路都有不知名的各种鸟类高飞，发出阵阵鸣啁。浅滩上有鳄鱼沉浮，我们已不像先前那样害怕。因为懂得物我无犯。一切生灵只需在自己的序列里各自完成就很好。大象驮着我们穿越森林的路上，偶尔停下来贪食路边的植物，它卷起鼻子把树叶连同树枝送进嘴巴里，快乐地晃着脑袋，像个小孩。睫毛下那一汪湖水般的眼睛，让我沉醉着迷。我唯有默默地流泪，那是我灵魂在当下唯一的感受。不是欢欣，也不是忧伤。那里什么也没有。灵魂一旦腾升与万物融合，到最后只能归于这样的沉寂。

虽然我正历经着最为炎热的夏天，但我也正创造着一生中最难忘的夏天。它将我的生命长轴延伸至更为深邃与神秘的真相那端。我穿越了原始森林，其实也穿越了自己。

2019.07.27

伍

今天大部分时间都是在车上度过。赶往博卡拉。沿路皆为山路，窗外是连绵的喜马拉雅山脉，人如漂荡在云里。尼泊尔人种植玉米，玉米地里高高挺立的秸秆，有着亚热带风情特有的质感。这个时候你愿有一阵风来，穿行其间，玉米叶子沙沙作响，捎来农人盐腻的汗渍。

有时路过小镇。旅行时我最喜欢做的便是去当地人日常居处走走逛逛，而不是穿梭于繁忙的都市里。尼泊尔人喜欢将房子粉刷成各种颜色，缀以花纹。通常他们的房子第一层用作商铺，往往搭盖一个雨棚。闲暇时便可坐在阴凉处的沙发里，看来来往往的人。这里满是生活气息，唯有市井里才能生出最真实的人情。

有时房子上会插一面掉色的国旗。尼泊尔国旗非常有特色，是唯一一个拥有非四角形国旗的国家。它们的国旗是两个小三角形，侧过来看便是寓意山脉。尼泊尔是山地之国，喜马拉雅山脉孕育着这个质朴的民族。旗子以红色作底色，那是杜鹃花的火热，它象征着热情与吉祥。边缘有蓝色条形，那是天空的纯净。旗帜上绘以太阳与月亮，寄托着尼泊尔民族与日月同在的美好愿景。借图形与符号以表达意愿的方式古已有之，这一点古今中外皆相通。而尼泊尔国旗的寓意无时无刻不在天地里。这是朴素的信仰，也是最为充满力量的信仰。

车子中途歇息时，我们路过一家奶茶店。热情的尼泊尔人端来一杯热腾腾的当地奶茶。同行人闻了闻，便皱眉抛掷一旁。我端至嘴边闻了闻，一股浓烈草药味扑鼻而来，尚未饮食便觉得苦涩与辛辣。我心里虽无法适应这样的气味，但我仍愿意去尝试。世间行走，安于现状的同时便意味着拒绝其他，而这本是一种精神的死亡。我尝了一口，竟发现这奶茶的滋味之甘是那般独特。忍不住又喝了第二口，直至见底。人生如果因为畏惧而拒绝尝试，我们会失去很多美好的经验。

2019.07.29

陆

清晨三点钟的闹钟叫醒我，迅速穿好衣服，拉开窗帘，窗外仍是一片夜色，伴着虫鸣，世界尚未醒来。今天我们要再一次去看日出。上车后，一路街道漆黑，没有路灯。偶有一间远处的房子亮着微弱的白炽光，如夜里的流萤。我曾见过三点钟的夜色，那是八年前送奶奶回乡下土葬。那一路的冷风冷雨与今日热带暖流自是不同，但心里皆是静寂。

四十分钟后到了观日落的山脚下。道路很窄，车辆无法继续前行，只得下车拾级而上。要再走上十来分钟的山路，便到观景台了。登上观景台才发现此处真是别有洞天，早已聚集了一群吵吵嚷嚷观日出的游人。莫道君行早，更有早行人啊。

我们登上三楼平台坐下，夜色还很浓郁，唯有远处的天色浅一些，泛着微微紫光。我猜那里是东方。芯璇她们在聊天，我静静地坐着。有鸟雀的声音从身后田园林丛间传来，这早晨突然变得清朗怡人。这正是关关雎鸠那般的生命活力。我一面听着，一面想自己正在无限亲近这个世界，我的此刻正是为等待一个全新的日子，等待着第一缕阳光透过晨雾点亮这个可爱的人间，这真是我人生中又一个神圣的时刻。

约五点时，浓雾渐渐散去，天空的颜色淡下来，由茄紫褪为青玉色。远处的喜马拉雅山脉在天边隐隐露出了温柔的弧线。慢慢地一阵浓雾笼罩，一切又都看不清了，天空之城在一片白茫茫中消散退去。等日出的人群开始喧杂起来，连声抱憾，有的起身撤离。我想，今日是必看不到日出了，却并不失落。有人问禅师，为何你劈柴担水吃饭皆可怡然自得如许，而别人只感觉人生无味，枯燥烦闷呢？禅师答曰，劈柴时劈柴，担水时担水，吃饭时吃饭。我如今等日出，它虽未来，而我的人在这里，这清晨的雾气、露水、飞鸟、流云与我当下的世界正历历交融着，这些已是最好的了。

阿迪忙着宽慰我们说："再等二十分钟，也许雾气会散了。"他说雾的来去，犹如在说一个相识的如今迟到的人，我听着心里欢喜。我们便都坐在那里继续等待。不知过了几时，雾散了，整个世界清晰地显现出来。像黑白画突然着了色，一切皆是这样鲜活淋漓。一望无垠的碧草上，各色房子的屋顶密密挨挤着，白云生处有人家。天空中飞鸟盘旋，一只蜜蜂悬停于我的面前，蛛网中心一只干瘪的飞蝇竭尽最后一丝能量终归于沉寂……世界就这样展开于我的面前，万物一刹那都活了。有句俗话说日光之下并无新事，我如今才懂得它说的是一种蓬勃的秩序与生机。

下山的路上，我心里皆是满足。虽没能见到太阳是如何从东方山峦后腾升，对世界施以恩泽，但只要想到生命中曾有这么一天，我为它而来过，便满满的都是喜悦。

下午芯璇她们去滑翔了。我留在酒店里，恐高是我目前仍未跨越的障碍。那种眩晕的无力感简直令人丧气。加之今日的早起，我在酒店很快迷迷糊糊睡着了。不知过了多久，门口听见她们叫我的名字。房间瞬间热络起来。我问她们："好玩儿吗？"小阮和芯璇都说："头晕，差点吐了。"阿凤轻描淡写地说："好玩。飞翔的感觉真好。"我递给她们饮料，说："真羡慕你们这些不恐高的人啊。"是真的羡慕。

晚上吃完饭，就在酒店的草坪里坐着聊天。这里往往天刚暗下来，街道便冷冷清清，像一个梦小阮开始。我们有一搭没一搭地说话，手机里播放着流行歌，大家也不再说话了，各自听着。播放到SHE的《你曾是少年》，歌里唱着"爱上一个人就不怕付出自己一生"，我和小阮相视而笑。阿凤突然大声说："我觉得很幸福。就现在。"

回到房间，阿凤倒在床上，小阮睡在我的被子里，芯璇坐在我对面的木椅上，脚搭在扶手上面向着我，我抱着一个枕头歪在沙发里。阿凤说："如果能回到过去，你们最想回到哪一段时间？"芯璇说："我想回到初中。"阿凤说："我也是。"我说："我不想。好不容易长大了呢。"阿凤又问："说出你们最感谢的人。"芯璇说："我感谢我自己一直活到现在。"小阮对芯璇这种酸溜溜的话嗤之以鼻："矫情！"阿凤没说话，她只问："你呢恋恋？"我说："最感谢的人啊，感谢发明空调的人吧，命都是他给的噢。"

夜深了。阿凤和小阮回自己房间了，剩下我和芯璇。她趴在床上说："旅程就要结束了噢，我不能和你一起住了。"我也学着小阮，笑她矫情。天下哪有那么多朝夕相伴呢！

2019.07.30

柒

快八月了。李白《长干行》中有句"八月西风起,想君发扬子。去来悲如何,见少别离多。"说的就是这个等待的季节。如今我在异国的乡间小道上奔驰,却不知在等待着什么。来尼泊尔的这些日子,时间慢了下来。福克纳在《喧哗与骚动》中说,时间只有当齿轮停止时才有意义。钟表上的时间都是死的。

这几日在尼泊尔我生活安宁,作息与当地同步。每看到道边垃圾丛生,房屋破败,电线裸露混杂,小孩灰头土脸,我觉得一切都是这样活泼的好意。尼泊尔展露着一种野性与天然,那是我此前从未体会过的。

动物们在此地享有着自由与尊严。野狗随处可见,累了贪睡于路边,行人车辆路过它们从不惊慌。牛是被印度教奉为神明之物,此地的牛或于田间或于街边,亦是悠然徐行。这便是岁月静好,现世安稳。不是远在天边的美好愿望,它近在眼眼前。

这几日与我朝夕相伴的除了芯璇她们三个,还有同行的团友，凡十一人。他们来自江苏、海南、北京三地。江苏一行三人，为姐姐、姐夫及妹妹的关系。姐姐约三十出头，是团里最泼辣的一个。一日酒店房间冷气不足，她直接在群里要求阿迪"必须换房"，每日用餐时，夫妻二人必嫌饭菜的不合口味。我心里感叹他们此行真是受苦。北京来的是两位女性，大约三十五左右年纪。去奇特旺那日，二人一路在车上惊呼雀跃，她们那天非常快乐。

此行我每日与芯璇同行同住。我与她相识多年，我却感到这一次旅行才真正了解她。她害怕黑，要留一盏小灯睡觉才踏实。她活泼而可爱，内心的小女孩比她实际年龄更稚气，这一个小孩却会把身边的人照顾得很好。每日我躺在床上，芯璇则坐在桌前写日记。她说记性不好，她得记下来每天发生的事情才不会忘记。我虽未看过她所写，但我知道每一夜孤灯下的日记本里，有她最快乐又最孤独的时光。我替她感到幸福。

此刻她正躺在我身边的小床上沉沉睡去。不知她在梦里，与那只心心念念的小象再见面了吗？我不禁轻轻握住她的手，满满地握着这样一个出现在我生命中的女孩，好怕她消失了似的。希望将来有个人能真心爱着她。她应该拥有幸福。

旅程结束了。

2019.7.31

至情无情

去小黄宿舍午休。她突然掀起门帘，从阳台外收进来一件衣服，尚带着花香的。"我给你买了一件新睡衣。"我知她大约是因前几日我买了乐高送她，她不好意思白白接人家礼物。我换上这件新睡衣，因她的轻松自己也清爽了。谁也没有提起别的话，想到宋词里的"相对无言，竟无语凝噎"那实在是因为柳永有太多的话要说，他一时说不尽了，便当头一棒喝止住。这也算不得什么智慧，只为要各自求个舒服洒落罢了。

我和小黄相对而卧，通常是她说得多，我只是听着。我喜欢听她说话，她叽叽喳喳，像一只飞到各处遇见了许多新鲜事的小麻雀。说着说着不知要如何接下去了，她就大笑两声。那日中午小黄告诉我她最近在读金庸的一本武侠小说，我没读过，她这一说我倒起了兴致，要她说下去。她说她记不得书中人物的名字，我说不妨事的，她便说了起来。

大概是这样一个故事：一个武林男子因得到江湖秘籍遭仇人追捕，最终被囚禁于一间密室里，与外界的联系仅靠一扇小小的窗子。男子从窗口望去，可见思慕之人的窗扉上斜插着一束菊花。那是他唯一的慰藉。只要见到那朵菊花每日更换，他便知道自己的心上人日日安好。有一日，那菊花仍是昨日的那一朵，一连几日如是，直到最后枯了叶子凋落了，再也无人更换。男子知道，他的心上人如今是亡故了。

听到此处不觉心中一惊，想来此前我是将金庸的作品全然狭隘化了。未曾想过那些刀光剑影的故事里竟有细腻如许的情与义。他从这位游侠男儿处着笔，尚且这样动人，倘若从日日更换花枝的那女子处写开去，不知又要有多少泪沾襟的故事啊。唐诗宋词里多有闺怨之词，箫声咽，秦娥梦断秦楼月。秦楼月，年年柳色灞陵伤别。纵使是李白，无论胸中有多少好句，在抒写离愁别恨时，也愿自己是那一个叫作秦娥的女子。我感慨道，真想不到义胆走天涯的男人竟也有这样柔情的，真是迷人。小黄说，金庸是能写出这种人来的。不过我不喜欢他写的杨过。

杨过有何不可的吗？他对姑姑是一心一意啊。小黄说，杨过的感情到底枝枝蔓蔓的。你看他对那些女子，不说喜欢吧但他也不拒绝啊，讨厌极了。向来我都以为小黄是个小孩，真没想她如今这一句话倒像是把我度了。我突然懂得了小龙女最后去绝情谷里，决绝到要杨过不再去找她，她那不是不爱，而是突然看到了爱，她必要退去。她一时不自信起来。

曾有僧问道赵州禅师，快问到机锋处，赵州禅师突然断开话锋道：问事即得，礼拜了退。他是知道僧此时悟了，即刻必要抽开身去。他不要缠缚。我当时读到小龙女这一段，几乎要恨起来，想她为什么要让杨过与自己双双痛苦呢？我如今且反过来要问自己，杨过这样的好，那是对天下的大好，这便是对小龙女的无情。

枫叶荻花

今天早晨阿姨做了紫薯饼。紫薯在平底锅里用小火煎烤，外面酥酥脆脆的。我很喜欢。《诗经》的王气兵气，总比不得寻常人家的桑地秧田、日影沙堤。脚下行路即是遍地黄金。"齐风"中有句"鸡既鸣矣，朝既盈矣。匪鸡则鸣，苍蝇之声。"早晨新妇起来，要夫上朝。他却偏不信日上三竿天已大亮。虫飞薨薨，甘与子同梦。这实在比从此君王不早朝要新鲜活泼的。因为直见性命。她早时替他沏的茶，打开妆奁梳理云鬓，都是真切可感的。

我小时父亲也为我这样的煎过糍粑。冬天从厨房里端来，冒着热气，撒上一把白糖，那就是李白说的馔玉珍珠。糍粑也是这样的外焦里嫩，咬上一口糯糯的，拉得很长很长。父亲说，吃要有吃相，坐要有坐相。我在他面前是要正襟危坐的。他喜欢听我说学校的事，他是天子坐明堂，却又像是当时放牛的朱元璋，垂衣坐堂是这样的乡野民间气。我总一五一十把同学的事说与我父亲听，他言语缄静，我却觉得他时有威严。我不敢抗他，却又绝不是拒之千里的意思。我日后若有顽劣中的规章与思省，皆因我是这样的出身。

我与父亲即便是很长时间不见，他也像是今时今日里的人。故事都是眼前的故事，是镜湖泛舟不惹尘埃的。我父亲常用火柴，家里的火柴盒很多，那小盒子上或是人物拱手作揖，或是芍药牡丹。我只觉得那画是好的，便剪下来让他替我收好，想来都是意味悠远的。

早晨进教室时，学生已在读古诗。小泽坐在门边，第一个看见我远远跑来。他笑了，他是读到"儿童散学归来早"时发现自己的老师竟这样地跑了进来，他知道诗里的句子是真的了。古人说，照花前后镜，花面交相映。他真的从镜中看见了。琦宝说，老师你陪我们玩吧，这样一首一首读来真的很没意思耶。我便与他们玩起了飞花令。先飞的是"春"，次便是"花"与"月"。都是我说得多一些，他们则齐心誓要将我比下去一回。读诗哪里经得起这样的争与抢，好在我们也不必是要分个高低的意思。绕床弄青梅，哪里就见得真要折取那一枝梅花来了！

西西第一句便说"花间一壶酒，独酌无相亲"，这样的早晨读李白，真如她的人一样洒洒脱脱，利爽分明。琦宝是把春江花月夜从头背下来了的。古人诗："偶逢锦瑟佳人问，便说寻春为汝归"，我每日前来亦是为了这样的她们。

小白梦惊魂

回到家，一阵鸟叫从阳台外传来。声音清脆响亮，仿佛近在耳边。哪来的鸟儿呢？我迟疑着，闻声来到阳台，只见一只浑身雪白的小鸟正立在衣架上。见到我，它并未露出惊慌之色，反而歪着小脑袋，两只绿豆般的小眼睛眨巴眨巴，盯着眼前这个庞然大物。

小白鸟的镇定倒打消了我的诸多惊恐。或许是小时候被院子里一只大公鸡啄过的经历，令我对这类长着尖喙的小动物敬而远之。哪怕动物园那些训练有素的花花绿绿的美洲鹦鹉，当它们卖力表演、低飞于我头顶时，我几乎感受着整个灵魂出窍般的"绝望"。

如今这不速之客虽是一只手掌大小的鸟儿，但到底是那长着尖喙的主儿，一时间真不知该如何处理它。让它飞走，自生自灭吗？这样干净的鸟，一看就知必是谁家精心饲养的，都是养宠物的人，家中的动物朋友走丢了，这对于主人而言无异于一位亲人的失踪——主人此时的心情可想而知。

想到这里，便似乎只有把它暂时留下，替它找家人这一条路。可我眼看要急着出门，于是只好决定先委屈这小家伙，在阳台上先暂时避避，我可不敢保证家中那肉食的小猫会一直对它表示友好。

正当我做这番思想争斗时，这原本在高处的小家伙，竟扑闪着翅膀精准地落到我右边肩膀上。我甚至能清晰感觉到它那粉色小爪，正轻轻钩在我的衬衣针线间。这突如其来的亲密接触，到底令我猝不及防，我本能地抖擞肩膀，谁知它非但没有飞走的意思，竟是把我的衣服抓得更紧了。

眼看无论如何要出门了，我只好硬着头皮，鼓起十二分勇气把它赶回衣架上，并关上阳台的门。不管怎样，等下班回来再从长计议吧。

下班回来，已是傍晚了。第一件事便是去阳台上看看，那迷路的小家伙还在不在，还是飞走了？事实证明，我的担心是多余的，还没到阳台，就听到它的叫声，同样的清亮，只是比上午时急促了。这是自然的事啊！一整天了，离群索居，更没吃没喝，搁谁谁不心烦呀！孔子说，惶惶若丧家之犬，我对它第一次产生了怜惜之意。

推开阳台门，见它还是立在初见时的衣架上，小脑袋灵活地摇了两摇。我对它说，别急，马上替你找家！它像听懂了似的，又降落在我的肩上，这一回我已不再害怕了。

我们一人一鸟，脚边还坐着一只猫，为小鸟找寻家人。业主群里果然看到寻鸟启事，这才算对肩头的客人有了一点了解。它叫小白，是一只牡丹鹦鹉——这种鹦鹉的名字还是第一次听到，当下便觉得很是衬它。瞧，它浑身雪白的翎羽，柔软丝滑，没有一点杂色。唯有嘴巴呈饱满的水滴形，前端处像一个粉色的小钩子。

从启事上还得知了它的名字，叫"小白"。主人甚至担心人家怕它，不忘强调小白性格温和，毫无攻击性，若是叫它的名字，它会跟人亲近。我将信将疑地对它说，小白，小白，你家人来找你了。

它呢，真像听懂了似的，先是歪着小脑袋，仿佛侧耳倾听我是否叫的是它，待确认后，小白往我脖子处靠了靠,圆脑袋蹭了蹭我,那滋味我至今记得,痒痒的,像婴儿柔软的指腹摩挲着。

我联系上了小白的主人,接电话的是一个年轻女子,当她听说"小白在我家",她长长地舒了一口气,表示即刻赶来接它。等主人来的那段时间,我和小白来到书房,家中的猫也跟着来了,趴在地上,蓝眼睛一刻不离我和肩上的小白。

我这才意识到,其实这一天,与小白相处时间最长的就是家里的猫了。它竟没有一丝一毫伤害小白的举动,反而出人意料地安静,只在一旁静静地趴着,时不时抬眼看看这个新来的朋友,仿佛它们在这个屋檐下,朝夕相伴了很久很久似的。

不多时,小白的主人来接它回家了,一同来的有三人,应该是妈妈、奶奶和女儿。年轻的妈妈拎着小白的房子,那是一个干净的、被装扮成小宫殿的粉蓝相间的房子,身后跟着约莫一年级的小女孩,还有瘦削的奶奶。

妈妈说,刚刚接到你的电话,在车上孩子马上就像"活过来了"似的。说着,指指身边的女儿,小女孩害羞地躲在妈妈身后,眼睛却是从未离开过小白。

这一家人再次遇到小白，显然高兴极了。大人，孩子争先恐后叫小白的名字，连邻居大叔也开门参与了这场再度重逢，连声说，这下好了，小白回家了。而我们的主角儿小白呢？这时却撒起了娇，从我的肩头噗噗飞到了门沿上，任凭主人怎么温柔叫唤，它也不肯下来，而是低头俯瞰着这群粗心的人，仿佛在抱怨似的。

我突然觉得这样的小白更可爱了。都说万物有灵，我想，这种感情表露就是它灵性的显现。它和人一样，只有在亲密信任的人面前，才敢承认自己的胆怯与恐慌吧，因为那亲人就是它的依靠，就是它的港湾。如今主人来了，它知道自己又能做回那只集万千宠爱于一身的小白了，此刻撒撒娇，闹闹脾气，又能当得了什么呢！

小白一家回去了，我心里也跟着挺快乐的。送别小白后，我抱起家中的猫，感到是如此踏实。

随缘好去

暴雨突至,此前预定的航班皆提前取消了。会务小妹妹仍是不甘心似的,取消后即刻又另选其他,最后剩下国航的一趟尚有一线起飞的可能。

离出发去机场还有时间,坐在阳台上,看天边一团浓重的乌云缓缓而至。渐渐地整个天空都低低地压下来。一声闷雷涌动,大雨便泼泼洒洒开始下了。猫咪在雷声中,一溜烟儿蹿到房间的床底下,缩成一团,怎么也不肯再出来。我趴下身子,左侧的脸紧紧贴着地板对它说,是打雷了啊,别害怕。幽暗的床底下,两只圆溜溜的萤火般的小眼睛看向我。

为这场大雨纠结的还有远在南充的青青。她得知我这次是去成都,提前一个月便开始策划我们的见面。她是

2022 年的夏天在节目里一眼看到了我，最终兜兜转转联系上了。我们从未见过面，通过她偶尔的分享，我知道那是一个美好的女孩。若到江南赶上春，千万和春住。她是时刻担心自己错过春天的人。我在她随手拍下的照片里，遇见过很多这样的风景。热闹非凡的黄色油菜花田，游人如织的古香古色深巷里，姑娘们着明媚鲜妍的各式汉服，她们正是那画里的人。还有她在旅途中拍下一个放羊的小姑娘，小姑娘低眉抚摸小羊羔的额头，梨涡浅浅地笑着。至今想起来我的心头仍然泛着暖意。

我们此番到底是无法如约见面，航班至今都难保准时起飞，随时有取消的风险。我为此感到抱歉，这场雨一定打消了她的好兴致。她发来微信宽慰我说"即使这次没有相见，还会有机会的。"她欢喜地告诉我："欢迎来四川玩耍！我们这边川西地区很漂亮！"啊，她是这样爱着恋着自己的家乡。

乘车前往机场。一路上，雨逐渐小了，天仍是灰灰的。隔着玻璃望出去，整个城市成了一张茶色的胶片。无论如何我很是喜欢如此滤镜背后的城市，旧旧的，有着丰富而幽深的心事似的。雨洗过后的树与花朵皆晶莹挂着水珠，露出一股新意。只有它们记住了这场行将远去的雨。

远远望见一棵树上开着红花，简直烈焰般灼眼地好看。我第一反应那是木棉，印象中唯有木棉花才如此泼辣生动。车开到近处这才看清楚，这一树红与绿并不是木棉。木棉并无花叶两全的时期，往往是叶子落了才肯开花的，眼前这树却是花叶两相合的艳。墨绿沉沉的叶子间，高高地开着红花，那花是真真正正的正红，像盛唐的长安一夜鱼龙舞。

一查才知它们叫火焰木，这花理应便叫火焰花了。此名实纵是实的，却觉有点满满当当，一时间更多的好的幻想全无。但若要我来为此花取个好名字，也真是为难。当着天然的美，语言何其无力，因为真的东西都是如此绝对。当此际，想到唯有多年前书中读到的一句话，能配得上这一树灼灼红花。道是：佛火仙焰劫初成。我当时并不很知此句的意境，多年后的今日我却是这样逢着了。真该随喜赞叹啊！

CC 在微信里对我说："今天中午我竟然做了一个梦。梦到我们一起聊月亮。你一句，我一句。从举杯邀明月，对影成三人聊到海上生明月，天涯共此时。"我说，真美啊，这是个好梦。多想一直活在这样的梦里。可是慧能大师又说，各自努力，随缘好去。那便让我们各自走开吧。

到机场后，果然航站楼里人满为患，想要找处空地坐一坐也难。我的航班更甚，连登机口都尚未确定。唯有漫无目的在机场穿行找个歇脚处。有一处座位无人，又因两排座位间隔太窄，人坐下后仿佛要贴到对面的脸上，很不自在，遂作罢。找了个角落站着，好在可隔着巨大的玻璃看看外面那个浑浊的小世界。

此花开尽

独自走过一条热闹小巷，不赶时间，从容地往路边各色小商铺看一眼。卤味店，快餐店，美甲店，奶茶店，理发店，水果店。各式各样的。

一家店门口的铁杆上，原以为那该是平时用来晾晒衣服的，如今伶伶俐俐悬挂着红绳系住的小粽子。尖尖的粽子彼此间保持距离，像小朋友排排坐好，滑稽得可笑，这是民间市井里才有的生动活泼。边走边想天这样热，该是要到端午了？其实哪里记得起今日何日兮啊，有时活得混沌到只似在天上人间里。

本来就狭窄的人行道上停放着共享自行车与私家小电驴，通行更为不易。过往行人只得前前后后一个接着一个。走在跟前的是一位穿酱色T恤的爷爷，手中透明塑料袋里折叠一尾新鲜宰剖的鱼。这是寻常百姓人家认认真真过着日子,看到后感到心里一阵暖暖的。想起那个人们上班下班生活有节律的时代,妈妈下班顺道从菜市带回一把水葱,洗净切成指甲盖大小的卷筒,青青白白撒在碟中小菜上,热闹极了。

回家后痛痛快快读了一会儿书。新布置的书房很喜欢,灯也是幽明的黄色。在地毯上或趴或躺全是满足。猫在身边敞开肚皮睡着,偶尔叫它一声便咕噜咕噜回应。过好久才翻个身。脸贴脸地看我,我也正看着它,粉色小鼻子上一点黑痣。像玛丽莲·梦露白净脸颊上的那一颗,娇俏有姿态。和猫咪如此四目相对,心里是说不尽的一股满满的意思。这或许便是那没有名目的幸福吧。

夜深后航空公司一连打进来好几通电话,皆不由分说地挂断了。静无人语的夜,连听到自己的声音都觉得是惊天动地,无论如何不可忍受。又改为发送短信,原来是预定的航班因暴风雨天气取消了。感到一阵烦恼,这些实实在在的具体的事原都是生活啊。可我离生活是那么的远。自己仿佛是那陶渊明写的武陵人,入了桃花源便知道,果真有人是与世相隔不知有汉的。我有时竟是这样的与生活隔断了。

庄子的《逍遥游》语说"置杯焉则胶，水浅而舟大也"，我想这正是我时常写不出好文章的原因。因为生活贫薄，实在太浅太浅了啊。

带了一些郁金香在办公室养。斜斜地插在玻璃瓶中。第一天的花苞皆紧紧实实地裹着，很有力量似的待有一日全然释放。每天来办公室，第一件事情便是跑到窗边看花。今天早晨发现它们全体蔫了。黄绿色的茎软软地耷拉着，花苞欲开未开的样子很是丧气。当下想到小意达花园里的花精们，在夜里吹着喇叭开舞会，跳啊唱啊，一夜将尽。第二天便是这样无精打采的。

想是我的这些花儿昨夜也在派对上太尽兴了不成？

赶紧问同事讨要一包营养液，混在清水里企图再抢救一下。毕竟是花啊，竟要尚未开放便凋落了吗？简直不可接受。又我拿来花剪子把茎剪短一些，叶子也剥掉，光秃秃地留下一朵花苞立于茎的前端。如今也不再要求它们开得多惊艳，只希望能开一朵小花，也不枉来这人间做了一回花啊。

把它们放在桌前，伸手便能摸到薄脆的花瓣。对每一朵粉紫色的小脑瓜说：要加油啊。

S城的人间烟火

列车抵达江苏 S 城后，尚未到站的人，趁着这中途停靠的几分钟空当，走出车厢，舒展舒展筋骨，出站的人可不一样了，拖着行李箱埋头往出站口奔去。出站的方向正逆着风，不承想，十月的这座江南小城仍干燥和暖。

出站的一路上，呼吸着呛鼻的烟味，空气仿佛因此成了藏青灰色。这不得不引起我注意起那些舒展筋骨的"小团体"来。这些团体中，有的是老年团，穿着与脖子融为一体的深色夹克，皱着眉，深吸一口，很享受似的，吞云吐雾间畅聊着。有的是中青年混合团，听名字就知道，这个团体的成员丰富了些，最主要的是有女性加入。约好了似的，身上堆叠着如今各色潮流元素，活脱脱一块行走的时代弄潮儿广告牌。别看是女同志，其抽烟的娴熟程度丝毫不逊色于一旁的黄发小年轻。

这便是 S 城留给我的最初印象，烟熏火燎。

夜里吃完晚饭，胃不舒服，想到楼下走走消消食。来到一处步行街，人声鼎沸，热闹得很。吆喝声、小店里的某音神曲、游人的嬉闹、宠物的欢腾……不绝于耳。路边小摊上有各色各地美食：长沙臭豆腐、狼牙土豆、天津麻花、北京冰糖葫芦……这令很少逛街的我，产生了一种在人间烟火中炙烤的新鲜快乐。

在这步行街的众多小摊小贩中，一排老爷老太的摊位成功吸引了我。他们屈膝坐在小矮凳上，架着厚重的老花镜，或看报纸，或钩颜色鲜艳的毛线拖鞋，若不是他们面前的铁笼，根本看不出他们是来做什么的。

他们面前的铁笼里，是等待着被人买走的小猫小狗。并不是什么名贵犬猫，多是寻常的狸猫与田园犬。这些幼猫幼犬，精神萎靡，不太健康的模样。我才意识到，到底是秋天了，白日的暖阳一旦落下去，夜里便有了凉意。猫犬们显然也感觉到了，它们依偎在一起，小脑袋埋在彼此的身体下，若不仔细观察，哪能看得出这是一群小猫小狗呢，乍看上去更似一个柔软的坐垫。这才是名副其实的抱团儿取暖吧,不,称之"抱头取暖"更适宜。

在这一群笼中物里,一只小猫被"特殊对待"了。与其他伙伴的群居不同,它享有一间华丽单人房,粉色的笼子里,垫上白绒毛垫子,一只浅蓝色小碗里还剩半碗清水,这是贴心的待遇了。小猫灰白相间,狮身人面像般端坐着,望着眼前蹲下来的奇怪人类。小猫长着一双大小眼,左眼皮无力地耷拉着,倒也挡不住清亮的目光,可爱得很!

广场中央有一个蓝色的塑胶建筑,脏兮兮的,也看不清楚是什么造型。不过,如今它的审美功用显然早已被实用性取代,路人累了便坐下来歇歇脚,坐下来的人喝奶茶的喝奶茶,吃臭豆腐的吃臭豆腐,有时还不忘与旁边的人分享一下手中的美食:"哇!太可口了!你尝一口!"

蓝色建筑上坐着的一圈人中,一位高冷酷炫的大叔格外惹眼,我甚至不自主地坐在离他不远处的小店门口椅子上,观察了他好长一段时间。

他的头发很长,板结成束,积攒了长年累月的灰似的,沉重地挤在重重叠叠的衣领里。黑衣、黑裤、黑袜(鞋因为没看见,所以不便乱说)——不然呢?还有别的颜色的可能吗?

他旁若无人侧卧着睡着，凑近前去，还能听见隆隆鼾声也说不定。身前的空地上，孤单单摆着一个不锈钢盆，里面有几张毛票，零零碎碎几块硬币，一根焦黄橡皮筋。果真是的，他不像别的乞讨者那般坐着，蹲着，甚至跪着，非但不如此，还沉沉睡着，颇有一副你们爱给不给的样子。倒还真有点姜太公的那意思了。

走近一瞧，果然看出些新的意趣儿来了。您猜怎么着，流浪大叔枕着睡觉的是何物？竟是一只灰拖把似的流浪小狗。那狗似乎早习惯了当大叔的枕头了，一动不动地趴着，同样正香梦沉沉。另一头呢？大叔的脚边还卧着另一只小狗，您还别不信，再仔细近前看看，那不锈钢盆后堆着的一堆衣物上，那团黝黑发亮的，竟是第三只小狗。

在这人来人往的闹市街区里，这一人三狗竟如此安然地睡着，这让我产生了前所未有的讶异，还有些说不清道不明的情绪，我不知道那是什么，但断不是"感动"可轻飘概括的。

多多少少送些钱物给大叔及这三只小狗吧，我想，虽然这些钱对于他们来说无异于杯水车薪，但别的不说，那三只小狗与大叔今晚尚能填饱肚子，睡个更好的觉吧。聊胜于无!

只是可能我和他都没能想到的是,如今这个时代早已不"花钱"了,大叔对这个世界的认识,一定尚未更新迭代到"扫码支付"。我只好找到路边的奶茶店,顶着发胖的风险买了一杯奶茶,兑了纸币。

钱放到那盆里呢,一来怕大风吹走,二又怕人家拿走,只得打扰大叔的美梦了。他侧卧着,身下的一只手垂在半空里,我蹲下来,看清了那只自然蜷缩着的手。它布满很深很深的褶皱,看起来粗硬如石头般,指甲里的黑线仿佛生来便长在那肉里似的。

我轻轻拍着这只手,只是那力气在这粗硬的石头面前几乎为零。只好拍拍他,好一阵子,他睡眼惺忪地终于醒来了。

那张神秘的脸,第一次从蓬乱的头发深处露出来,那是一张尖削的脸,从头顶蓬散的发到下巴处,成一个狭长的心形。大叔接过钱,并没有露出何其感激涕零的神色,只是镇定地接过来,这反倒让我的心更踏实了。因为这种镇定,不卑不亢,在我与他之间建起了一道平等温暖的桥,我们能更走近对方的心意了。

有些游人驻足停留,是因为好奇吧? 一个拎着奶茶的女人,蹲在一个臭烘烘的流浪汉面前,她这是要做什么?! 其中有一位牵着柯基犬散步的大姐,近前来想看个究竟。她手中牵着的柯基犬显得异常兴奋,只是与它主人目标不同,它看中的是那三个自己的同类。真是狗仗人势啊! 别看柯基那矮墩墩的样子,如今它正极力踮起小短腿,朝大叔的"枕头"狂吠呢! 没等我反应过来,大叔攥紧拳头,一把将枕头小犬紧紧护在自己的腋下,朝柯基不知喊些什么。

　　那一刹那,他多么像,不,他就是屠格涅夫笔下那一只护佑幼崽的麻雀母亲,他是那么渺小,又是那么伟大。我终于知道当我第一眼看到安睡的这人与狗,内心涌动的是什么。

　　吓退柯基后,大叔又安抚了另一头睡着的"拖把小狗",见我摸了摸那小狗,他说:"正睡着呢。"他爱着它们。

　　我安心地回住处了。因为知道这个世界上有三只幸福满满的小狗。大叔和这三只小狗,将永远定格在我的记忆里。

飞燕倚新妆

这是第一次乘坐河北航空，乘务员的制服是浓烈的红蓝配色，固定色彩搭配在一起，不免凝固成一个不再松动的意象。年轻的乘务员端着托盘前来，上有用玻璃小杯子盛放的果汁、清水供乘客选用，继而又递来热毛巾。她训练有素，全无波澜的流程，乘客配合着她。她又从工作间取出新的盘子，稍向下倾斜着，一色白毛巾裹成粗短的条状，整齐罗列，像一盘热腾腾的广东肠粉。

她大概是刚工作不久，言行里是刻意为之的稳重，反而显出稚拙来。首先出卖她的便是腔调："这是华为最新款的手机吗？"她先就开启了话题。"不是。""我一直想买，总是缺货。"口罩好歹露出了她的一双大眼睛，她是在皱眉地笑着。

这短暂的对话，我与她的语气寻常得似两个早已相识的女生，等飞机起飞的空当随口聊天，天气、香水、明星，什么的都可以。她忘了自己正在工作。她像个高中生。拥有一副尚未被驯化成乘务员们的尖细的嗓子，这引起了我对她的留心。

在一众统一规制的工艺品中，倘若意外逢着纯手工打磨而成的一件，即使缺棱掉角，也会两眼放光，顿时精神抖擞的。那种美态虽由工匠之手捏制，却到底是天然的。这双手再也造不出一模一样的另一个了。

她帮一个乘客将行李箱放置座椅上方的柜子里。待两手发颤地举过头顶后，才发现行李箱太厚，左挪挪右推推都不奏效。她似乎犯了难，恐怕是自己力气太小？从身后客舱走来男同事，她逢着救星似的，说："请快来帮帮我吧！"

几番努力无果，她不得不接受是箱子太厚的事实，压低了嗓子说："算了，拿下来吧，它实在太胖了。"我竟要笑起来，是的，的确是它太胖，是箱子错了——这哪里是一位时刻要维持体面优雅的乘务员呢？她分明就是个才刚从学校毕业，练习独自飞行的小雀儿啊。

又来了一位女同事，高挺着长脖子，目不斜视鹿一般蹬着腿来了。唯有她的制服是一身红色的，想是乘务长。小雀儿对长脖子鹿说："姐，这个箱子实在太厚了，没法放上去。"长脖子鹿没有停下脚步，转身喀喀拉上了百褶帘子。帘子猛地晃荡了几下，小雀儿也跟着钻到了后面。

更能辨出她是职场新人——是她给提供餐食。铺好桌布后，手中的咖啡不知摆在我的左边呢，还是右边呢。端起来，想想还是不对，放右边去吧。还不忘生动地说一声："小心点啊！"

她或许这是要对自己说的，我想。

是因为这份工作之故，她才不得不要说出诸多贴心得体的话。她平时或许也只是个不爱说话的小姑娘呢。我感到这生涩的可爱，它真实，不造作，她还是她自己。虽然她正努力自我改造成一个"合格的职业人"。

终有一日，她也会似无数个"她们"一般，笑容亲切可掬，语速缓缓淌着，精确发音，冲泡的咖啡杯边缘再也看不见残留的粉末。那只生疏颤抖的小手啊，总有一天会四平八稳的。她终于合格地消失在合格中。

我之所以留心关注她一路，可能因其中有自己的原因。某次有访客至，是一位拎着尼龙黑布行李袋、满头大汗的男士，他询问办公室里的任何一个人："请问领导办公室在几号？我约了今天来的。"

我坐在离他最近的位置，脱口而出："楼下第二间。"伸出一根手指指向楼下。身后的人站起来叫住对方："等等，你是哪位？现在再打电话确认一下。"

我听后有种泄露重大机密的自责感。意识到她比我尚年轻了好几岁，竟早早地成了"合格的职场人"了，我又陷入自我轻视的怪情绪里。时至今日也还是这样的，在职场上，我这块粗糙的石料，似乎被时间这个打磨师无情抛弃了。

又想起小鱼某次对我说起母猫教育小猫的事来。此前，关于猫会自己在猫砂盆里刨个小坑排便，末了又用猫砂掩盖的行为纯属天性。小鱼说，这都是母猫的功劳呢。原来，母猫会教刚出生的幼崽们使用猫砂，遇到猫崽儿们做错了事，母猫还会打它们。说时，小鱼往空气里挥舞着小拳头，全然是满怀爱意的。

我至今未求证文献资料，确认小鱼所说属实。但有次看到一条猫主人的广告："小猫还不会完全用猫砂，寻一位有耐心的主人",我因而想到小鱼所说该是真的。哪怕是人类一厢情愿的臆想又何妨呢？这生动的、属于猫儿们之间的爱护与养育,比真实更真。

一只训练有素的猫，背后是一位懂事的母猫的影子，母猫之前更有母猫。这里有物种的延续性。这条神秘的丝带终被看见,放到人类身上,或将改用"传承"来下个定义。

猫的独立固然可爱，甚至可敬——它尽可能不给主人添麻烦,自己打理,力求干净清洁。尚未学会这些讨人喜爱的技能,棱角与缺点并存的小猫,也有其可怜爱处。

天然的东西,总归是美的。

夜

这些日子我独居广西。是一段安静的时光。睡前偶尔和朋友讲电话，其余时间都是沉默的，世界按下静音键。自己像是电影里那个乘坐飞船抵达另一个星球的人。那个寂静无声的新世界中，只剩时间在流淌。

居住的屋前，是一片由居民开垦出的菜园，栽满郁郁葱葱的果蔬。傍晚回来，有时日光还很充足，绿油油的叶子在风里摇曳碎金子般的阳光。

站在窗前，看到黝黑的女人在其间劳作，或许是挑着的水桶太沉，她倾斜着身子，逐个儿给菜苗儿浇水。她走得很慢很慢，每到一处便俯下身子细心浇灌，仿佛照顾好这些菜苗儿，是她当下最重要的事情。

有的人家还养了鸡，多是母鸡，唯有两只公鸡，色彩斑斓的。鸡群在狭长的小巷里走走停停，遇见水洼也不知要避开，径直蹚过去，踩出一圈一圈的褶皱。一只公鸡笨拙地张开双翅，摇摇摆摆奔跑着，隐没在小巷深处。

白天炎热，步行回来往往浑身湿透。往返的那条林荫道上，开满各色店铺，一家汽修店里养了一只小白狗，时常趴在我回住所途经的路口。

我总以为它这是在等我回家，而感到隐秘的欢欣。虽然我至今不知它叫什么名字，每逢遇见它，我都叫它一声，小白，你好呀！仿佛我们认识很久似的。

回到房间，时间犹如静止。有一天上午，我没有出门，一直待在房间里，搬张椅子坐在窗前。不远处是一座低矮的山，像一头灰白色的小象。那日的天空一览无余，一朵云都没有。我就那样坐着发呆，看见各种念头在脑海中涌现，之后又相继隐去。我知道，那是我又一次看见心中的大海。它掀起波涛，又归于平寂。

在这片天空里，我曾见过生动的云。它们像极了姑娘们的心事，变幻无常，逗得看云的我们忍不住欢喜、赞叹。最美的，不是变幻莫测的云，而是曾一起看云的人。

昨天是临行的最后一夜，我不出意料地失眠了。看到慕子旅途中拍的照片，一个小姑娘在景区招徕生意，询问游人要不要和她的羊拍照。小羊周身雪白，像一朵草原上盛开的莲花。脖子上系着小铜铃，还有玫瑰红的彩带。

她一定很爱自己的小羊。

有那么一刹那，看见这照片里抱着小羊的女孩不是别人，正是我自己。偌大的世界，我所能抱紧的，只有自己的一只小小的羊羔。

但这足以令我倍感温馨。

道伴有狸奴

深圳的春天来得特别早。几天前驱车下山，被所见景象感动。几乎是一夜之间，路旁的树纷纷开出了花朵。各色各式的，粉的黄的花儿，其瓣纤如蝉翼，一种火红的团状花，则仿佛很有些分量似的高盘枝头，明如火焰。它们在绿叶间，在碧蓝透亮的天空下随风摇曳，微微颤动。我正看到大自然中惊心动魄的一幕，整颗心突然明亮起来。从那天起，每次下班经过便放慢速度，好多看它们一眼。每一次看见它们，都像是初见般心里充满惊喜。

有一种人，到了一定年龄似乎很难再为一些主流大众所定义的"感人肺腑"之事而感动，自己大概属于此类。曾经对朋友说，如今似乎已没有什么事能让我轻易落泪了，倒是会常常因一些似乎不值一提的瞬间倍感温馨。哪怕只是一些来自远方的只言片语，对我而言都是真实不虚的轰轰烈烈的"大事"。

近日填满我心的是多丽丝莱辛的《特别的猫》。一本薄薄的小册子。因为对猫的那份与生俱来的爱意，这类主题的书我尽可能阅读更多。每一次的阅读，将是又一次抵达身边那只猫生命深处的契机。

书中所写是莱辛与多只猫共处的故事。那些猫有的已经逝去，有的尚存。我愿称之为一本真正的"时间之书"。时间，这个空洞缥缈的概念，在每一只猫的出生与老去之间显出原貌。

她如实记下每一只曾介入自己生命的猫。那些与猫之间发生的故事，温馨与残忍交织着，是生活无奈的本质。她曾在暴风雨的夜里搭救橘猫的一家七口，也曾把刚出生的小猫掩埋于土坑。不知为何，这所有与猫的故事，都让我看到一个哀伤的背景。我清醒地知道，每一只猫都将与我们道别。

书中记录了一只黑猫产崽后，作为母亲的黑猫教导小猫生存技能的过程。为了让每一只小猫学会喝牛奶，母猫一遍一遍不厌其烦地示范，其实她自己早已喝饱了，但只要有另一只小猫跌跌撞撞跑来盛牛奶的小碟子旁，黑猫便又一次开始示范。当小猫舔到了第一口牛奶，猫妈妈就舔舔小猫当作奖励。

不过，只要一想到猫妈妈如此精心教导自己的孩子，最终仍难逃小猫被送人的命运，心里便觉苦涩。这种记录让我从此改变了对一只猫的理解。每一只眼前的猫，他们身上永远存留一只母猫的影子。当小猫们最初来到这个世界，曾有一只猫妈妈教它们如何使用猫砂，如何从高处下来，如何捕捉猎物。而那只猫妈妈，也有自己的猫妈妈……所以我们看到一只猫，同时便是看到了许许多多只猫，生命在眼前的猫身上不可思议地重叠，变得厚重且神秘。

她还写下了一只猫的故事。是在 1984 年的夏天。那是一只流浪的橘猫，每天在路上等待莱辛的出现，喵呜喵呜寸步不离地跟着她。最后莱辛破译了那些猫语，原来橘猫是渴了。她从此保证了橘猫干净的水源，让它活了下去。

这些猫试图用各种叫声与人类交流的例子很多。曾经有一只这样的猫，黑白相间，浑身胖嘟嘟的，脖子上还系着一根穿有铃铛的皮项圈。很显然，它曾经是有家有主人的，只不过它如何最终流浪街头，我们不得而知。

那是在下过一场大雪的北方小城,它蜷缩在汽车底下对过往路人大声疾呼,一个女孩从家里拿出航空箱把它带走,它满足地趴在箱子里,并对里面的食物大快朵颐。这一切发生时,我才读懂那些声嘶力竭的猫语中传来的信号——它想要有一个家,不想再流浪于冰天雪地。

书中所述的每一只猫,如今早已离开了这个星球。这让我对它们产生了一种敬畏。在这个世界尚无我的时候,那些小生灵便真实地存在过,像我们一样认真地活过。它们先我而来,又先我而去。我所踏过的足下土地,所见的天空与大海,所闻到空气中风信子的香气……它们都曾经历过。这妙不可言的相遇。

终于领会此书缘何叫"特别的猫"。这世界上有千千万万个人,也有千千万万只猫,而只有我与这一只猫是属于彼此的。猫的生命向你敞开,一如我们对它们那样。

醉花阴

近日无事，读《海上花开》《海上花落》。这是张爱玲据《海上花列传》改编的，大抵上维持作品原貌，只语言将原著的苏白改为白话。这也是张爱玲誓要做这一翻译的初衷——她愿更多人不要因方言的阻碍，耽误了一部好作品。

然而虽说是白话，到底不是今日一众网文作品之浅薄可同日而语的。字里行间足见张爱玲回避了她一贯的"张氏语言"，却仍不失旧小说的语言风韵。其中沈小红与王莲生争执一段，多处字眼有《红楼梦》的影子，然到底是些面子上的相似，整壶水自是别有风味。

如很多读者最初读罢此二书的感悟一样，书中人物几乎每天都在组局吃饭、狎妓、打牌、抽大烟。这还是读了张爱玲的译本，若再加上原著多数人不通的苏白，这果真是

"不堪卒读"之书。也多亏是在假日中,有整段的空闲,若是工作闲暇之余读此书,怕也是要厌烦的。

说是"海上花列传",一眼即知写的是众妓女的事。难得的是,书中各花有各自秉性,多是圆形人物,风流各异,不趋雷同。其中有唤沈小红者,当属花中"小辣椒",性子急,自我意识强烈。书中写王莲生某日对小红说,哪怕你其他客人不再来了也不怕,有我呢。意思是小红的生活开销由他王莲生一人包了。那小红倒也是毫不含糊的,她果真便信了王莲生的话,索性把往日的几个熟客都退将去了。偏在这时,小红见王莲生近日来得不勤了,打听了才知,他竟又成了蕙贞的常客了。

小红找到蕙贞门上,也不管在座还有谁,她满眼里就这一颗眼中钉,其他人哪里看得见,直冲着蕙贞狂奔过去,照着脸上便是一顿乱捶。好容易众人将两个女人分开,王莲生也跟着去找小红。关于二人之间一席漂亮的交锋对白,就是在这番情境下写就的,好看煞人。

兜兜转转,小红算是把心里话表明了,说是自己把所有的后路都断了,这王莲生却又不似先前般火热,人也几日不见,她先就没了安全感,给不给她钱倒是其次。她恨的是这个。

读到这里，没来由地感到悲哀——沈小红这朵风月场里的花，她此番却是动了真心了。

小红明明几乎要为了王莲生的负心去死了，王莲生一来，她便又拿根手指往他太阳穴上一戳，这便就又好了。

我每看见这样的女子，心里总要生起一个爱怜的心来。无论其是否生于淤泥中，只要她们尚愿意为一个人保留一份洁净，这便是对得起爱的纯粹了。尤其是小红这类女子，她们早知对自己的命运做不了主，却要做出这番姿态来，与命运抗争一回，万一他能爱我呢，她们总会这样问一问自己。

书中有名"周双玉"者，性子也是极烈的。生得雪团一般、淋淋漓漓一把水葱似的人物，聪明伶俐，站在一旁不言不语看人玩骨牌，看着看着就会了。她是后来被买来的讨人，继双珠、双宝后的三妹。可巧生来模样比双宝好些，人也活泛，很快便被调教得比双宝招人喜欢了。

只会客时的头面、衣裳……却色色都是捡姐姐们的。日子久了，双玉觉得自己委屈，索性就推病不去了。任谁来了也不管用。这情节初看时，是小女儿的矫情、任性。却又觉得这双玉与《请回答1988》里成德善的处境是那么相似。

德善是家中的老二，上面一个姐姐，下有一个弟弟。德善与姐姐的生日只差几天，每次过生日都是一个蛋糕插上蜡烛，先给姐姐吹，再抽掉三根给德善再吹一次。一只烧鸡，第一个鸡腿总是给姐姐的，接着是让弟弟吃，德善最多吃个鸡翅膀。加餐时的荷包蛋，也总是一个给了姐姐，一个给了弟弟，德善呢，只分到一碗黑腌豆。

那年的生日德善再也绷不住了，几乎是歇斯底里，她嘶吼道：为什么永远要和姐姐共一个生日蛋糕?! 为什么我没有荷包蛋?! 我也会啃鸡腿啊! ……难道都是因为我好说话吗?

这委屈不是一开始便是委屈，最初它是一刹那的酸楚，很快就被一种自以为的"为他人奉献"之伟大所自我蒙蔽，甚至陶醉在这种自我牺牲中。但这种负能量一直积存在心里，不知道哪天，突然就爆发了。

读到双玉，就想到德善，她们的心思是一般细腻的。这是女性最为动人的一点品性了，她们心里敞亮，时时刻刻有一个分明的自己，在发声，在感知无处不在的世情生活。

《海上花开(落)》(《海上花列传》)读到后来便能体会

到它的好。一如鲁迅的评价"平淡而近自然",这正是很多人读不下去的原因，它的表面实在是过于琐碎与乏味，然只需对照平日的生活，便可知这琐碎与乏味深处，才是实实在在的人生。关于这一类作品，我确乎是做到每一字都留心，从不放过任何一处的。

袅晴丝

最近重读《牡丹亭》，说到底是一个非常典型的中国式故事。中国式大团圆的结局，总似缺乏一种宏大而细腻，悠远却具体的悲剧之美。剧中人物也多是扁平式的。杜宝、陈最良之流自是不消说的，都算是"不讨喜的好人"，就连柳梦梅的出场，也丝毫不觉得其人之可爱。

柳梦梅作为一个不得志的书生，空有一身才华无人赏识，因而千方百计要去外面"闯荡闯荡"，借官家举荐以施展自己满腔抱负，这些本无可厚非，却总觉得少了些李太白那般"扶摇直上九万里""我辈岂是蓬蒿人"的气干云霄，少年郎的清爽更是没有的。

这种感觉很难言说，实在算是我一己体会。庄子说，嗜欲深者天机浅，或许正是柳梦梅身上少有灵性之光的很重要原因。我想，若非与杜丽娘此生的一段姻缘，柳梦梅在剧中实在是一个平平无奇的书生。

倒是杜丽娘表现出的种种，令人不得不赞叹这样的好女子。她聪慧而敏感，对有限的生命有着无限的体验与情思。跟随陈最良学习《诗经》时，杜丽娘读到"关关雎鸠，在河之洲"一句，敏锐地觉察出这是关于生命最微妙的写照。几乎是一种直觉，又或者是一种敏感的本能，让她读到这句诗后，一己生命便铺展开了一幅春光流连的画卷，及至后来她在梦中遇到折柳相赠的柳生，也都是从这幅画卷里荡漾出的各种丰富的情愫。

同样一句"关关雎鸠，在河之洲"，陈最良那样的迂腐儒生又如何能与之当下相印，这类人往往千方百计冠以教化，女德之名，禁锢自己的同时，也决不允许身边的人有精神觉醒的可能。所以当杜丽娘的丫鬟春香拿出画眉笔、螺子黛、薛涛笺、鸳鸯砚这类闺阃之物，陈最良直呼闻所未闻见所未见，其精神生活之贫瘠可见一斑。难怪春香都要说他是"村老牛""好个老标儿"。杜丽娘和陈最良各自的灵魂质地近乎云泥。

杜丽娘爱美而多情，对美的易逝与脆弱发乎真心的体贴与爱怜。自她梦中与柳梦梅幽会起,她因此而衣带渐宽,形容憔悴,几乎被镜中迅速憔悴的自己吓了一跳。为了留住这易逝的青春,杜丽娘铺展丹青,为自己画了一幅画像。

这对镜自画的画面真是动人。很显然杜丽娘是一个心地非常健康的女孩子,这一刻,她不只是在欣赏自己的如花美貌,更是单纯地欣赏"美"的本身,年轻的生命在她此刻的眼中是一个审美的客体。若是江南赶上春,千万和春住,她是懂得这种与青春做伴的珍贵的。

然而,这幅画面又好忧伤。一个时值青春的女孩子,她这朵正当盛放的花,却只得匿于深闺无人能怜。她不敢把梦中柳生的形状也描摹在画中。人生要守住这样本该绽放的秘密真是艰难。因为一个梦中人,杜丽娘一病不起。

这样的行为无论是在时人眼中,还是在现世人看来,不是疯癫便是狂魔。他们觉得这大抵只发生于文艺作品中,而文艺于他们而言是假的,不过消遣闲淡之心罢了。几百年前的汤显祖却发出"梦中之情,何必非真"这类振聋发聩的呼声,这正是他的可贵与伟大处。正是因为有杜丽娘这类灵魂的存在,这个世界上才不乏"奇迹"。

杜丽娘纯真而坚定,自始至终遵从真心的指引并表现出异常坚韧的决心。她并不因与柳生在梦中相会，便在醒后怅然若失。她相信那一切是真实的，并天真而虔诚地期待着再度于梦中见到那个人。

因为这种纯真，让她以为自己这朵娇花终于不再沦为孤芳自赏，那种有人珍惜与爱怜的体验，让杜丽娘原本被囚禁于闺中的单薄生命一下子变得饱满了，她千方百计要留住这种梦中做伴。这种对生命坦诚的心性，甚至不惜为此抗争的决心，即使到了阴曹地府也是令人震撼的。连阎罗王也因此许她重返阳间，助她有情人终成眷属。

关于阴曹那一段的描绘，是《牡丹亭》全剧最精彩的部分。作者勾画了一个有情有义的阴间世界——连阎罗王都懂得珍惜美、爱怜美。从某种意义上来看，这或许也是对阳间人世的一种不经意的调侃与讽刺。

至于往后的剧情，关于杜丽娘如何还魂，如何在梅花观里遇见了柳梦梅，又如何最终恢复元气重获新生，及至后来柳梦梅状元及第，艰辛地与父母相认，最终大团圆……便都是按部就班一路推进着，无足一一赘述。这样去看大团圆结局的《牡丹亭》，它确实呈现出一种朴实无华的古拙之美。然而时至今日，《牡丹亭》始终迷人，或许也正是因此。

我们置身的时代，人们生活的节奏太快了，所以对诸多细腻的存在趋于麻木。这种麻木驱使人们不断去寻求新的感官刺激。热血的打斗，意外的反转，强烈的对比，尖锐的冲突……然而一切的磅礴终将归于沉静，这种绚烂至极归于平淡的从容需要长久的智慧供给。

毕竟，《牡丹亭》这种溪流般的古典式的中式审美，所带来的是一种更为幽玄的静谧，对心灵的品格要求更为精微。剧中词：袅晴丝，吹来闲庭院，摇漾春如线。多美啊！

欲语迟

此前不曾读过李碧华。据其作品改编的电影《霸王别姬》《胭脂扣》《青蛇》《饺子》倒是看过的。几部电影无疑重重打上那个时代的港风烙印，浓重的色调，每一帧都是过眼云烟的旧日子。

昨日傍晚，没来由地想要读一读李碧华，便去了趟书城。返回时已是夜幕，下起清凉雨。抱着一堆书站在天桥下，等出租车从上一站红绿灯前来。地上水洼倒映出无数个小月亮，淌着清波的。

只消几个钟头便可读完《霸王别姬》。如电影一般，仍是时过境迁的翻云覆雨的调子。文字也是民国旧日的，褶皱的，浅静的，纵是欢喜也不能为外人道。

与电影《霸王别姬》不同的是，书中的段小楼、程蝶衣均是那般立体生动。剧中的段小楼，似是一个一头扎入男耕女织，心甘情愿投身市井生活的粗汉，书中人物的心灵则丰富很多。他是宝剑蒙尘，中心仍是锃亮。面对师弟程蝶衣的痴恋，段小楼一直是心领神会的。他骗过了蝶衣、妻子菊仙，但终骗不了自己，装聋作哑地活了一辈子。这才知电影中的段小楼，看似潇洒地与戏台生涯告别的处理方式是何其单薄——那是他安身立命的行当啊，哪能说断就断的呢？

最后与蝶衣在香港重逢时，二者都是经"运动"的鞭笞后风烛残年的老人了。风流总被雨打风吹去。他不准备再骗他了。一个深藏一生的秘密重见光日，像一只蝴蝶从老旧的茧中努力振翅出来，只是那双翅不复轻盈。它承载着霸王与虞姬一生的动荡与残疾的痛，重重地扇动，如一片很旧很旧的枯叶。才刚见到太阳，便与此同时黯淡了。

横亘在一个真正的女人菊仙，与一个戏台上的虞姬之间，他，这个普通的男子段小楼，又如何能贪心到既做了丈夫又做霸王呢！生活这一记闷棍，让他低垂着流血的头，卸下霸王盔和菊仙一起去卖西瓜。那一副当年势如裂帛、气干云霄的好嗓子，不复再唱"力拔山兮气盖世"了，用以吆喝瓜瓤水嫩的西瓜,尚能换几枚银圆。

一个时代结束了。唱戏不时兴了,他再也做不了霸王。

中华人民共和国成立后的段小楼与程蝶衣,这一对曾经叱咤风云的响当当的人物,卷入轰轰烈烈的扫盲洪荒中,坐在教室里向身着列宁装的女教师学习认字。首先认识了"爱""忠"二字。段小楼与程蝶衣一生所做的不过是此二字,为师父,为师兄,为师弟,为戏台,他们倾尽全部的爱与忠,连自己都赔进去了。他们不知,竟有两个四四方方的字,是要这般来一笔一画写就的。

关于程蝶衣,则是如故人般的。电影中张国荣已完完全全复活程蝶衣的灵魂。他是那庄周,他也是那满庭蝴蝶儿。程蝶衣一生只做了一件事——全心全意的"痴"。在戏台上,他是虞姬,生生世世都只为在霸王面前跳完最后一支舞。

散场后,人群散去,油彩抹去,他仍忘了自己,他只记得自己是女娇娥,是虞姬。是那个人的虞姬。那个人是自己的师兄,那个人更是自己终生所靠的霸王。

决绝的爱啊,说好了是一辈子的,少一年,一月,一天,一个时辰都算不得是一辈子。他对爱是半点不能迁就的。

于是他要斗，要与出现在他与霸王之间的任何一个人斗，包括偶然露出本相的他自己。他又如何能成为他的妻，为他怀一个圆满起伏的生命呢，所以他要与这样的自己斗。

他与菊仙斗，撕心裂肺的，眼睛里都流出血来。他向那群戴着红袖章的人告发，说她是婊子，说她没有真心，说她是破鞋。其实他说的每一句狠毒的话儿，哪一句不是说的自己？

他忘不了与师兄尚未成角儿时，站在橱窗外，师兄怔怔望着高悬的那方宝剑。为了那方宝剑，他甘愿失身于袁四爷，只为让师兄实现那个贫穷的霸王梦。

他以为自己做了惊天壮举，却同样是面对那群戴红袖章的人，他亲耳听见得到宝剑的霸王说，这宝剑是那个贱人用身子换来的——说到底，变了态的究竟是一个时代还是一个人的心？

虞姬虞姬奈若何。

故事的最后，两个被日子远远抛下的往日名角，站在人去楼空的舞台中央，勾了脸，舞起水袖，唱了最后一曲《霸王别姬》。虞姬拔出霸王腰间的宝剑，让这一幕永远落下去了。我爱这故事最后那光阴重叠中，蛾眉婉转的空迷蒙。

人约黄昏

那天夜里九点,离飞机着陆深圳还剩三十分钟。《张爱玲传》正是在这段飞行中最终读完的。即使是旁人描写她的文字,非出自张爱玲之笔,也觉得异常可亲。只因这一切都是为她而起,于是想一鼓作气读下去。

最初读张爱玲是大一。与她在书中的相遇,更似一种唤醒。对自我的认识,接纳,以及用书写的方式来了解人性,都是源自她。她曾说,喜欢住在闹市里,站在阳台上看楼下车流人流,听电车与汽车之声,仿佛真正活在人间。但真正与人相处,又觉得这种闯入与交融,会打破自己的写作。

正是从这样看似奇怪而断裂的她身上,我接受了自己近乎天然的"不合群",并最终悦纳了这样的自己。从某种意义上说，是她长此以往地给予我一份信心。

那天读完《张爱玲传》后，飞机不久便降落在深圳宝安机场。汹涌的人流将我推涌向出口。置身那喧嚣中，我曾一瞬间坠入恍惚，眼看自己和眼前的人缩成独立的、小小的几何学上的一点，各自孤单的人生毫无延展的可能性，贫瘠到绝望。

此书是迄今读过的资料最为翔实的张爱玲传记。此前对她的了解，在这番对照下方显贫薄。晦涩艰辛的童年，张胡之恋的短暂幻光，漂泊于大洋彼岸的孤单并非她的全部。自己此前对她的了解，竟是那样草率、随意，一种自以为认真的轻飘。

或许是因了此次阅读《张爱玲传》的机缘，在文字中穿越七十多年的风雨，得以对张的一生作一次相对细致的回望，通过那些事件试图进一步、再进一步潜入她的内心世界；又或许是年龄与心境不一样了，少女对感情青涩却又单薄的初感不再，代之以生活中诸多所见、所遇、所闻作中介，终归得以从不同视角去审视张爱玲以及那段胡张之恋，看到更广更深的面向。

她如自己所说，她终归是萎谢了。

张爱玲曾承认，近三十年，她感到自己创作之衰竭与吃力。很多人将这归结于一个后劲不足的作家之宿命。但谁又能想到，这是因为此时单纯的写作于她已是奢侈之事。她不可再纯粹地沉浸于创作之乐了，此时的写作是她赖以谋生的工具。这是她不可言说、甚至不自知的不得已。

她不愿对生活妥协，可是她不为人知地早已妥协了。这不知情者中，当然包括她自己。

她的一生永远都在失去。还没来得及用那颗敏锐的心，描红出童年，她便失去了童年；战火纷飞，在那今日生不知明日死的乱世里，她葬送了青年；大洋彼岸她申请难民救助，在举目无亲、不断搬家中，她终于蹉跎了老年。

她再也未曾回过一次上海，她早已没有家了。她说那些在她生命中出现过的人，只留在了她的血液里，等她死的时候，与她一起再死一次。这样一个在灰暗里好不容易坚持到最后的人，世人还嫌她的文字阴涩潮湿，不透气，以光明的心性苛求她，这般的残忍，怎么能够呢?!

今时今日，始终爱这般破碎如尘的她。